내가 가는 길

내가 가는 길

2024년 4월 15일   초판 1쇄 인쇄 발행

지 은 이 ㅣ 손옥경
펴 낸 이 ㅣ 박종래
펴 낸 곳 ㅣ 도서출판 명성서림

등록번호 ㅣ 301-2014-013
주   소 ㅣ 04625 서울시 중구 필동로 6 (2, 3층)
대표전화 ㅣ 02)2277-2800
팩   스 ㅣ 02)2277-8945
이 메 일 ㅣ ms8944@chol.com

값 10,000원
ISBN 979-11-93543-72-6

손옥경 시집

내가 가는 길

도서
출판 **명성서림**

시인의 말

갑진년 청룡의 해에 새봄을 새날을 맞이하여 그간 30여 년 현직근무 소방공무원 정년 퇴직후 벌써 칠순을 바라보는 세월이 되어, 많이 부족한 글이나마 네 번째 시집을 상재하게 되었습니다.

퇴직후 제2의 삶에서 취업 등 현직때 보다 더 바쁘게 더 치열하게 살아온 것 같습니다. 최근 미국 텍사스 주의 휴스턴에서 소중한 딸아이의 귀엽고 사랑스런 손자 박유진이의 영롱한 눈빛 미소와 응애의 힘찬 울음소리가 새삼 봄소식의 새생명 탄생은 하나님이 주신 축복 중에 축복입니다.

봄은 생명의 계절 세 가지 덕을 가진 봄이라 합니다.

생명生命과 희망希望과 환희歡喜라 했듯이
노년에 다시 한번 응축의 시를 나올 수 있게 지도하여 주신 최옥현 중학때 담임 선생님, 황용운 선배님, 박종래 이사장님과 임직원 여러분들,

서울 관악/동작 문우님들, 방주기독 문우님들, 전국 공무원문학, 서울 글사랑, 소방문학과 119 소망 가족 여러분들께 감사드리오며

　또한 오늘이 있기까지 헌신적인 내조內助의 사랑하는 나의 반쪽 유성화와 딸 소희 부부, 아들 규형이 부부, 큰 힘이 되어준 우리 가족 친지에게 감사드리고

　저를 아는 모든 분들에게도 감사의 인사를 드립니다.

2024년 4월 봄날에
덕천德天 손옥경孫玉炅 시인. 拜上

목차

1부 강촌에서의 하루

2부 내가 가는 길

목차

4부 어머니

목차

6부 친구 생각

1부
강촌에서의 하루

가슴앓이

과천 청사주변과 연주대로 향하는
길목 한 세월 풍미한 향교
소롯길은 옛날이나 지금이나
변함이 없는데
변한 것은 우리 사람뿐
흐르는 계곡물도
관악산 자락도
송신탑의 케이불 산 정상 향하여
늘어선 생명선도
떠도는 먹장구름도
고소한 파전에 동동주는
목울대를 타고
넘어가는 아리랑 고개소리
옷을 걷어 올리고 물속으로
첨벙이며 재잘대는 칠순의 청년들
속절없는 세월 앞에
자연 앞에 머리 숙이며
삶의 마음을 실어서 보낸다
허공중에 바람에 흩어져
내가 새가 되어 날아간다

가을 여인

노오란 꽃잎에 하얀 나비
춤추는 소리
유영하는 고추잠자리
가을바람을 품은 코스모스
귀밑머리
어여쁜 목덜미의 갈색 머플러
나풀거리며
오솔길을 걷고 있는
그대라는
가을이란 여인
살포시 다가왔다
다음역은
사랑이 깃든
가을역에서 재회하자

가을날

호숫가 정 중앙 오롯이
그림자 운치의 팔각정자
가을바람 음률 소리 들려온다
협곡마다 흐른
불타는 중년의 은근 미소
곱게 물든 치맛자락
형형색색 가을산야
너울 파도가 되어 춤을 춘다
가을 잎새에 일어난
미세한 생애의 울림소리
내장산은 절정의 잘 익은
연홍시 여인의 손길
갈색의 머플러가 휘이 감긴
눈부신 목덜미 사이로
단풍잎이 어깨위로 내려와
가을의 정념을 흔들어 깨우고
심연 가득 연심戀心으로 터져
석양 노을이 타오르고 있구나

가을향기

피어오른 가을이 코스모스
하늘거린 자태를 품은
여인의 섬세한 손톱에
붉게 물든 석양 빛깔이
곱디 고와서
행복이 출렁 출렁 넘쳐난 남새밭
익어오는 고추와 복덩이 호박들
가을향기 진한 연두빛 차 향기
중년의 여인 찻잔 위에
여고시절의 추억
떠올리며 배시시 웃고만 있네

강촌에서의 하루

생명수 넘친 북한강
삶의 보금자리 촌락
형성된 강촌

그리고 엘리시안 리조트
백양리역이 손을 흔들어
반갑게 보듬는다

검봉산 산자락은 불타오른 절정
선홍색 빛깔 단풍나무 잎새
산 협곡 가득 가을바람이 수런거린다

곱디고운 달빛 안주 한잔 술에 세월 녹여내어
풀어내는 이야기는 중년의 세월을 잊게 한다

떨어지는 낙엽들 가슴에 떨림으로 다가와
도심都心속 찌든 삶의 그림자 내려놓고서
살아가는 이야기 너와 나
모두가 하나 되었다

걸어가야 하는 길

빗속의 남정네 고독의 고갯길
하늘구멍으로 세어난 우산이
가녀린 어깨 가득
살며시 걸려 걸망을 지고
둔탁하게 걷고 있는 남정네
세찬 빗방울 소리
가락진 소리
탁배기 부딪치는 소리
상념의 잔이 흐르는 소리
세월이 익으며 따라오는 소리
신발사이로 구르는 방울들이
산화되어 흩어지는 파열음 소리
강 안개 운무 속에
가신님의 넋들이 쉬고 있는
국립 현충원을 품은 서달산 자락
황색영웅들의 웅성거림
119라는 사나이들
그 남자는 그렇게 세월 영웅 되어
녹색 숲 분지
빗줄기 사이로
물안개 되어 허공으로 스며든다

건설현장에서

건물 내부와 외부는
정제되지 않은
거친 숨소리
쿵쿵거리는 소리
망치 소리
소리음 따라 춤추며 올라가는
층과 층 사이
햇빛이 파고들고
햇빛에 반사되어
안전모에 부딪치는 봄바람
걸작품을 만들어가는
근로자들의 잽싼 손놀림
수십대의
트럭위에 적재된
빙글 빙글 세상 바퀴 돌려와
지상에서 하늘로
오르는 용들처럼

레미콘들의 입에서는
거품이 일듯이 콘크리트의
점액질을 토해낸다
주상복합 건물의 40층 옥상
마천루는 천안 시내가
안전화 아래에 놓여
도심의 크고 작은 구조물들
점점이 작아지고
그림자는 서녘으로 길어져만 간다
천안의 또 하나 상징물의
멋진 탄생을 예고하며

겨울꽃

함박눈이 겨울꽃 되어
펑펑 내리고 있네
하이얀 눈을 맞으며
어깨동무하며
뛰어놀던 동구 밖
언덕길에서
철수와 영희와
동무들 술래잡기 놀이
등 뒤로 허연 김이 모락모락
폭신한 눈으로 덮힌
대지위에 네 활개 펴고서
숨을 고른다
온천지는 추억 날개 달고서
내리는 함박눈이
시공을 넘어 중년이지만
철없던 그때
그리움의 그 시절로
날아만 간다

공 허

찬바람 부는
심연 깊은 겨울밤
오고 가는이 없는 골목길
외로운 그림자 서성거려도
그리운 임 기다리며
막걸리 한 사발에
흐르는 시간들과
술잔위에 키스를 한다
삶의 족적들이
시들어가는
애잔한 여운의 불빛
영혼의 불꽃을 품은
그대 친구가 있었으면 좋겠네
밤을 잊은 너와 나
철없는 세월들이
칠학년을 향해
속절없이 달려가고 있으니

겨울비

창밖에는 겨울비가
추적 추적 거리며
하염없이 내리고
하늘은 회색빛
암울했던 시절에도
이런 비는 내렸었지
가고 오고야 마는
가이없는 너와 나의 생애
떨어진 낙엽위에
뒹구는 잎새에도
찬란한 봄날을
한때는 우리네 꽃피웠던
지난 청춘을 그리워한다

파전과 동동주에
구성진 노래 가락이
흔들리듯이 파고든다
어제가 지나니
오늘이 있고
내일은 희망으로 기다린다
어여쁜 임 기다리듯이
떨어져 내리는
빛방울이 방울 방울
영롱한 빛을 발하는 그대
가슴 가득 새날의
봄꽃향기 마음을 열어주고 있네

고수동굴

충북 단양의 아담한 야산 허리
5억년의 세월을 지녔다
억만년 전의 깊은 역사
길이 1394m의 석회동굴
종유석의 성장 속도는 1년에 0.2mm
천장에서 늘어진
각종의 종유석들
불빛에 반질거리고
좁은 통로 가파른 계단
고개 숙여 지나가야 하는 인생의 길
신비의 자연 동글
천연기념물 제254호
가까이는 광명 동굴
정선의 화암동굴
영월의 고씨동굴
배타고 구경하는 충주의 활옥 동굴
삼척의 환선 동굴 또는 대금동굴

계단마다 이어지는
배학당(백층탑) 사자바위와 천지창조
황금주등이 보여지고
살아 숨 쉬는 자연의 위대함
약 24종의 생물이 서식하고 있는
고수리에 고수동굴
간혹 떨어지는 물로 화들짝 놀라지만
나선형의 계단을 돌고 돌다보면
어느새 출구가 나타난다
종유석과 석순의 천년 사랑
둘의 만남을 간절히 기원하여 본다

관악산冠岳山

경기 5악 중에 하나
동봉에 관악 서봉엔 삼성산 북봉에 장군봉과 호암산
관악 영봉의 높이는 632.2m 면적은19.22km
약 582만평 서울 시민의 다정한 보금자리
북서부 산록 및 남동부 산록에 선 캄프리아기 편마암
긴 세월 풍화작용으로 태어난 열녀암 돼지바위 독수리바위
정상엔 연주암의 연주암자
일막一幕·이막二幕·삼막三幕 등 원효와 윤필과 의상대사
고승들의 수도처 현재의 삼막사三幕寺
화기火氣를 누른다는 해태상과 우물 웅덩이
관악 영봉 넓은 자락 명승고찰과 명문대학의 고장
사계절 영롱한 태양과 산바람 솔바람 소리
치유의 숲이다
정겨운 서울 둘레길 5코스 아기자기한 길
연주대와 관음사 그리고 삼막사와 호압사 코스
도심속 깊은 자연공원이다

* 주) 일막·이막·삼막사 사찰의 유래 : 서기 677년 원효, 의상, 윤필 등 세 분
  고승들이 삼성산 기슭에 암자를 지어 수도 정진하려고 일막·이막·삼막을 지
  었는데 일막과 이막이 화재로 없어지고 삼막만 남아 오늘날의 삼막사가 되었다

그 날

백마강에 오천결사
계백의 혼
들려오는 함성소리
무심한 강물들이
굽이쳐 흐르지만
의자왕의 삼천궁녀
낙화암의 추녀 끝에
메어 달린 퍼어런 강물 줄기
돗단배 한恨서려
무심한 세월은
이내마음 가득히 흐르고
시공時空을 넘나들어
오가는 철새들
하염없이 자맥질 하고 있구나

그리움 1

생애 주기의 열차가
속력을 내어 달린다
파열음도 간간히 있었지만
달리는 순간들
열차라는 그곳에서 쉼 없이
달려온 그대여
종착역이 다가 오기 전에
알싸한 의자에서
숨 돌려 추억을 반추해보게나
때론 뜨거운 태양처럼 터질 듯한 사랑도
능선 되어 다가오지만
은근슬쩍 달빛무리
보름달 보듬으며
떠오르는 새벽의 여명을
기다리는 곱디고운 여린 손
동구 밖 언덕길가
그대도 어느덧
그리움의 표상
내 누이
내 어머니 되어
손짓하고 있네 그려

그리움 2

농익은 봄바람이 스며와
살랑 살랑 거린 치맛자락
영롱한 붉은 빛깔의
선명한 앵두 입술
초여름의 신록을 속삭이며
고운 음성 귓가에 들려온
천상의 여인이여
다시 부르고픈 그대여
초여름 비에 세월을
녹이며
한 잔의 찻잔 속에
어려 있는 그대의 얼굴
지난 추억을 불러내어 그려보네

그리움의 그 소리

태고적 깊은 명산 그대로 인데
일렁이는 늦 여름날
흘러가는 저 하얀 구름아
들꽃들 어여쁜 코스모스
시간은 횡성 둔네 골
1261m 태기산 자락 바람타고
돌고 도는 풍력발전의 위용들
계곡 넘어 계곡으로
시원스레 흐르는 시냇물
물소리의 합창
중년의 세월도 멈춘
물놀이 첨~벙 첨~벙
서럽지 않아
우린 희망이 있어 또 있어
자연은 늘 그렇게
그대와 나 산바람의 비음
그리움의 그 소리를
들려주며 듣고 있구나

꽃길을 걸으며

봄바람에
싱싱한 나물들
머위잎/당귀잎/상치와 고추
입안 가득
봄 냄새가
알싸한 그녀의 미소
고향의 봄 향기가 난다
황매화의 눈부신
그녀의 옷자락
이 봄에도
그 자리가 꽃자리
찬연한 햇살들
생명의 연녹색
희망이란 오월
내안 가득 차오르네

그립다 그 시절

탱자나무 울타리 아늑 분지의 교정
하이얀 손수건이란 이름표를
가슴에 메어달고
동해물과 백두산을
우렁차게 부르던 꿈의 어린 그 시절
싸리향 알싸한 빗자루로
먼지 오른 운동장을 줄맞춰서 쓸고
비석치기, 땅따먹기, 공기놀이
자치기 고무줄 넘기 놀이
산과 들판 우리들의 놀이터
교실 안 장작 난로 위
도시락이 옹기종기 모여와
마음의 온기를 느끼며
일주일에 한 번씩 오는 소년동아일보 한 부

80여개의 눈동자 반짝이며
007시리즈를 보던 그 시절
학교 마치고 빈 양은도시락 소리 들으며
신작로를 지나 집으로 향했던 코흘리개 그 시절
어머니의 따스한 손길이 머물던 그 시절
그리운 고향의 불알친구들
고향 산천은 그대로 인데
우리네 생은 칠학년을 향해
거침없이 가고 있는 브레이크도 고장 난
인생 이란 기차에 동승
내리는 그곳이 종착역이려니
늙음은 한번 오면 갈 줄 모르는데

기다림

우수의 바람이 불어
긴머리결이 찰랑
얼굴을 부벼와
그녀가 향하는 눈동자
그곳은 천혜향
하늘이 내린 그향기
포근한 대지
아릿하게 베어난
절절한 그리움
연정의 눈빛
고향 향한 애틋함
못내 그리워
지평선 넘어
고향언덕
그리운
어머니의 잔상이

내안 가득 꽃으로
다가와
겨울 속
인내의 봄꽃으로
환생
봄날을 기다리는
여심 그대여

깨 터는 아낙네

모진 여름 이겨내어
텃밭이랑 가득
들깨들이 춤추듯이 누웠다
가을 햇살 보듬어 내어
온몸으로 골고루 빛 받아
익어오는 들깨들의 수런거림
가을바람 사알짝
등진
시골 아낙네의 깨 터는 소리
토~닥 토~닥
칭얼대는 아기 달래듯이
음률 되어 다가온다
고추잠자리가 서성이고
참새 떼가 날아들고
들녘은 인고의 세월 이겨낸
풍요의 그림자

아픈 허리 잠시 펴고
그녀는 너른 밭 가운데서
심호흡을 한다
대지의 향기가
고소한 들깨가
입안 가득 차오른 정오의 모습

2부
내가 가는 길

꽃중에 꽃

그녀의 입술을
꼬옥 닮은
빠알간 튜울립
고고한 기풍이 보여와
아찔한 미혹의 자태
분화구 안은 꽃술로
천상을 부비며
간질이는
봄바람에 살랑 살랑
그대를 향하여
유혹의 미소를 보내고 있네

낙성대落星垈에 가면

관악 영봉 줄기 이어진 깊은 골
나라 지켜낸 호국정신이 빛난 곳
북두칠성의 별들중에 하나
큰 별 문곡성文曲星이 자리한 이곳
살수대첩의 영웅 을지문덕
명량 해전의 이순신
으뜸의 귀주대첩 영웅 인헌공 강감찬
상원수 평장사 강감찬의 기백의 숨결
외적의 침입으로 지켜낸 영웅들
낙성대 안국사는 우리 고장 자랑거리
큰 관악의 기상이여라

나들이

가족 나들이를 나선다
뒤뚱거리며
허연 날개 퍼덕이며
파아란 하늘 벗 삼아
호반의 도시
춘천 소양강변
수초를 헤치고
손에 손잡고
봄기운 느끼며
다정한 나들이
물살을 가르며 편대를 이루어
나가는 행복의 가족들
봄날의 햇살도 따라 나와
반갑게 맞이한다

은회색 빛으로 반짝이는
강물들의 출렁임
싱그런 봄바람에
삶의 마음을 가득 채워
갈대가 반가운 손짓으로
나른한 오후를 보며
넘쳐난 행복으로
두둥실 미소짓고 있네

남도 여정

가을 쪽빛 하늘
발자취 따라서
쭈루루 쏟아지는
대숲들의 속삭임 소리
천연의 조화
비파음 소리는
천상의 하늘거림
전남 담양 죽녹원竹鹿苑
사랑이 변치 않는 고개 길에서
잠시 숨을 고른다
정갈하게 하늘 향해 뻗은
수만의 대나무 군락들
사이로 비집고 들어온
온유의 찬란한 태양
오늘만 같아라

대~꽃 잎사귀

토해내는 피톤치드

가슴에 담아낸다

드리워진 서울 하늘

그대에게 시원始原 소리

대숲들의 음성은

살아있는 신들의 생명수

후~우 불어

순수의 마음을 보낸다

내가 가는 길

집 뒤편의 뒤안길
마을의 좁은 골목길을 뜻하는 고샅길
꼬불꼬불한 논두렁 위로 난 논틀길
거칠고 잡풀이 무성한 푸서릿길
좁고 호젓한 오솔길
휘어진 후밋길
낮은 산비탈기슭에 난 자드락 길
돌이 많이 깔린 돌 서더릿길이나 돌너덜길
사람의 자취가 거의 없는 자욱길
강가나 바닷가 벼랑의 험한 벼룻길
그대의 첫발자국을 기다리는
소복히 쌓인 눈 위에 아직 아무도 지나가지 않은 숫눈길
길을 간다 아니 길을 떠난다는 우리네 인생여정
우리네 인생이 곧 길이요 우리의 발이 삶이라는 것을
나는 나의 지름길보다는
빙 둘러서 가는 멀고 굽은 길인 인생의 맛
에움길을 가야 하겠다
세상에는 같은 길은 없기에
오로지 나는 나만의 길만 있을 뿐

너와 나는 늘 가까이에 하나

가을 하면 떠오르는 벗님내
산책길 가까이서 손짓하는 그대
억센 듯이 부드럽고
가녀린 듯이 넘실대는
석양 노을빛에 억새와 갈대의 물결
수생식물의 갈대는 습지 호수 주변
순천만의 습지가 보여지고
억새는 산과 들판의 자연애
갈대의 꽃말은 깊은 애정, 신의, 믿음, 지혜이고
억새의 꽃말은 친절, 세력, 활력
갈대는 보랏빛을 띄우는 갈색꽃
은은하게 하얀 은빛 도는 한방향의 억새풀꽃
모두 볏과의 여러 해살이 풀이라나
가을바람에 흩날리는 중년 여인의 긴 보랏빛 머플러
하얀 은빛의 석양으로 물들어 오고 가는 눈빛
그리움 연정으로 가을은 출렁이고 있구나

눈 오는 날

함박눈이 펑펑
하이얀 날개 퍼덕이며
사뿐 사뿐 내리고 있네
머~언 고운님
하늘빛무리
은회색으로 색칠한
넓은 융단자락
내 고향 남남쪽
광대봉 산야에도
소리 없이 내리는 풍요의 신
그녀가 우아한 포옹을 한다
근심어린 코로나 바이러스도
포근한 이불로 덮어
희망의 끈을 놓지 않고서
회생의 소식으로
반갑게
날아올라라

두근대는 가슴으로
눈 오는 날
고향언덕
보고픈 내 누이
천안 천변에서
기다려보누나

도담삼봉島潭三峯

단양 8경중의 하나

남한강 상류 한가운데

조선개국 일등 공신

정도전의 탄생설화가 얽혀 있는 절경

강원 정선에서 떠내려온 삼봉

안착한곳이 단양

유년 시절전설이 열려있는 도담 삼봉

석회암 카르스트 지형이 만들어 낸

원추모양의 봉우리

웅지의 꿈을 꾸었던 이곳

늠름한 장군봉(남편봉)이 중심

오론쪽엔 애교스런 딸봉(첩봉)

왼쪽에는 무심한 듯 돌아앉은 아들봉(처봉)

세 봉우리가 물위에 솟아 있다

정도전의 호인 삼봉의 유래가
능영정이란 정자가 유실 삼도정으로
육각정자를 1976년에 세워
2008년 국가명승 제44호로 지정
맑고 푸른 물 유유히 흐르는 남한강
풍류객들의 눈길
이황과 김정희가 도담삼봉 예찬
겸제 정선의 진경산수화의 배경
김홍도의 도담삼봉의 그림이 수려하다
과거와 현재를 넘나드는
미래에 강물은 지금도 흐르고 있는데

독도

시작의 끝이 아닌
출발점의 독도
역사속에 살아 숨쉬는 그대는
신생대 3기 플라이오세 전기와 후기에 생성
아름다움의 극치
정제된 파도음
높이 솟은 민족의 열망
울릉군 울릉읍 독도리
귀하고 귀한 우리네 영토
98.6m의 동도는 한반도 바위
168.6m의 서도는 탕건봉
89개의 부속도서들
의연히 버티어
천혜의 자연경관
푸르다 못해 비취빛 에머랄드 바다
자맥질하는 어족들과 물개들
하늘엔 괭이갈매기 바다제비
비상하는 날개는 희망이 용솟음친다

어사부의 숨결이 살아 돌아와
스민 천년의 그리움
다가오는 새해 2022년壬寅年
검은 호랑이의 띠 흑호의 해
국운융성의 독도수호
대양을 아우르는 해양대국
동녘으로 붉디붉은 서광의
태양이 서서히 솟아오르고 있고

동행

가슴에 뜨거운 응어리
식혀줄
시원한 솔바람
멈출 줄 모르고 흐른
숲속의 짙은 향기
그리움의 단비 같은 사랑

관악의 너른 산천초목
협곡사이 수만의 생명길
초록으로 물든
희망의 길라잡이

중년의 고독이 나이테만큼
잠든 영혼
메아리 되어
빗장 걸린 마음을
열정으로 연다

연륜으로
녹여내는 오후의 그림자
세월의 뒤안길
동행의 벗이 된다

둘레길

인천 서구와 부평구의 아담한 둘레길
한남정맥의 원적산元積山
높이196m
구간길이 4.61km
지쳐있는 발자국 소리
숲속향기에 되살아난다
거친 숨소리에
산 협곡 바람들이
어루만져와
나무와 나무의 무등을 타고서
시원스레 목청 높인 매미들 합창 소리
연녹색 잎새가 덩달아 춤을 춘다
자연의 비파음 소리
솔바람소리가
오솔길가
나들이 나온 지렁이들
가을향한 그리움들
천연의 은빛 물결
자연이 준
신의 선물
발자국소리는 힘이 넘쳐나고 있구나

벌 초

언젠가는 자연으로 돌아가리라
그 시점이 오늘이 아닌
내일이 될런지
봉분주변의
가을 하늘은
투명하다 못해
파아란 물병
시원바람을 타고
코스모스 향기 코끝을 간질인다
예초기는 해마다 한번씩
일을 한다
잘려져 나가는 풀숲들
가즈런한 봉분위로
아침 햇살이 가득 넘친다
우리네 생도 멈추고
대지에 포옹하는 그날
귓가에 머무는 고향 친구의
동동주 한 사발
목울대로
별이 되어 스러진다
모두가 그리운 추억이 되겠지

마이산 탑사

신라 때는 서다산西多山
고려 때는 용출산聳出山
조선시대는 속금산束金山
진안고원 중심지 마이산馬耳山
말의 귀인 암 마이산 숫 마이산
적석탑積石塔 이름하여 천지탑
막돌 허튼 층 쌓기의 독특한 양식
방사탑 에서도 보여지는
자연석의 조화로움
치밀한 구성과 튼튼한 결구結構
천지탑 탑신부위 뾰쪽하게 상륜부
판석과 판석사이 작은 돌틈 끼워 넣어
흔들림이 없도록 쌓아온 흐름의 세월
일제 강점기 1930년 대 홀연한 이갑룡 처사
혼신의 힘으로 추가하여 쌓아올린 수만의 돌탑들
80여기의 오방탑
원뿔형의 약사, 일광, 월광탑

산자락 사찰 내에 약사전, 약사불

자연 속에 잘 어우러진 사찰들

속금산속의 신선들이 노닐던 이곳

유儒·불佛·선仙 통합의 신념으로 쌓아 올린 수련의 장

이갑룡처사의 전설 같은 혼 불이

탑사 곳곳으로 스며들어

속세와 현세를 넘나든 상춘객들

천황문과 은수사, 고금당사 앞에서

돌탑들의 나신 앞에서

축원의 기도 소리

풍경소리가 은은히 들려오고 있구나

마지막 밤 첫날에

강원도 춘천 벌 아늑 분지
기해년己亥年 첫날에
둥지를 틀었소
순식간에 생각들이 오락가락 하였소
다니던 그곳이 아니듯이
생소하던 풍물들이
맹서하던 마음도
닭갈비들의 비음소리도
뒤로 한 채 옥광산에 들렸소
저년이 가고 이년이 오고
새년이 손짓하면 오라고 하였소
옥광산 푸른 물속으로
숨겨진 사람들
마음들이 들숨 날숨으로
지친 영혼들 한해 마무리 하느라
한참이나 허덕거렸소

참 참으로 달구어진 연옥으로 환생한

2018년과 2019년 신 새벽

새해를 맞이하였소

건너 두둥실 떠오른 그대

능선위로 동녘의 태양이

눈부신 희망을 비추며

소양강 줄기의 생명선 하나

피워 오른 아름다운 그녀

대지가 살아 포옹 하고 있었소

만 남

늘 가슴을 뛰게 하는
청춘열차의 용트림
itx호는 쉬임이 없다
호반의 도시춘천에서
때 이른
늦장마의 태풍이
오락가락 하지만
매어 달린 상념의 빗줄기
중년의 가슴을 흔들어 놓는다
생노병사도 뒤로 하며
육순 중반의 청년들
삶의 이야기가
잔술에 녹아든
정염의 불꽃들
이승으로 가기전에
북한강가의 너른 강심
출렁이는 물결 따라
우리의 우정은 영원하리라

열차의 레일 바퀴소리
상념의 산야 그림자
스쳐 지나가는 가로등불
각인되어 다가온 만남의 순간들
가슴으로 영원하게 타오르는 우정들
춘천의 밤은 익어만 가고 있구나
세월 잊은 청춘열차
청년이 된 강심은 환호한다

물안개 피워 오른 강가에서

북한 금강군 옥발 봉에서 발원
한강의 대 지류
유로 연장 317.5km
풍부한 유량, 가득한 에너지
소양, 화천, 춘천, 의암, 청평댐
북한강은 경춘가도를 따라 마중 나온다
늦여름 장대비가
청춘열차 창밖에서 춤을 춘다
신비로운 물안개 가득 피워 오른
천상의 조화
그림처럼 떠 있는 수려한 산야
하이얀 솜이불이
어여쁜 여인의 잘록한 허리처럼
선녀가 색칠한 수채화의 능선
ITX 2012호 열차는
가평 역에서 숨고르기
청량리역 금세 다가온다

따라 나온 빗방울의 물빛 소리
유리창에 보석되어
빛나는 알갱이들의 소리 없는 아우성
자연의 음성소리
가슴으로 울려오고 있구나

백만송이 장미원에서

부천 도당 근린공원
양지바른 언덕분지
백만송이 장미꽃들이 상춘객들을 반긴다
붉은 용암 넘쳐흐른 정열의 리바클루트
보라색 40개 꽃잎의 강한 향기의 블루문이란
독일산 꽃이 배시시 웃고
일본산 꽃이 두루미 머리모양 하얀색꽃
학으로 불리우는 탄초란 장미꽃
쇼킹블루의 독일산 향의 겹꽃 넝쿨장미가
가녀린 손을 흔들며 반기네
그에 뒤질세라 시에스타의 프랑스산
핑크빛 꽃잎을 바람에 향기를 날리고
꽃 한송이에 꽃잎이300장 겹꽃이 이뻐
웨딩부케로 사용되는 북반구의 나나크로스
노오란 꽃잎의 독일산 란도라와
가장 아름다운 영국산의 노오란 장미의 샬롯
가시가 없는 것이 특징인 분홍색의 영국산 크리스티나
흰색 장미꽃의 영국산의 마가렛
연노오랑 꽃잎의 프랑스산 골든보더와

빨간 장미는 열렬한 사랑과 정열
하얀 장미는 존경과 순결
노란 장미는 질투와 은밀한 사랑
분홍 장미는 맹세와 행복한 사랑
그리고 검은 장미는 당신은 영원히 나의 것이란
장미의 꽃말과 더블어서
오월의 백만송이 화사한
장미꽃들 흠뻑 취한 정오의 하루

벌써 세 번씩이나

떨어져 내리는 낙엽
가을인가 싶더니
겨울하고도 새봄
오가는 길마다
다가온 여정의 길목에서
삶의 여정이 깃든
서울 남부에서 서청주 오창
주 5일 근무
제2의 취업 출근길은 또 다른 희망
아우른 회갑이 벌써 과거
출근길에 그대는
따스한 언덕 뒷주머니
홀로 버려진 나의 손
헨드폰

힘겹게 돌아와

그것도 세 번씩이나 이별

그래도 잊지 않고 돌아와

아픈 가슴 쓸어내어

반갑구나 나의 오른손

이젠 끝까지 가자고

허리띠에 인연의 노끈을 메어 달았다

깜빡하는 기억들이 나의 오른손을

홀대하였나보다

이제 내 친구

떠나지 마라

사계절 같이한 희노애락喜怒哀樂

나의 손을 떠나면

나의 것이 아닌 것을

베트남을 다녀오다

　베트남은 우측으로는 중국(CHINA)과 좌측 상단은 라오스(LAOS) 중간은 타일랜드(THAILAND) 하단 남방은 캄보디아(CAMBODIA)를 접경으로 하노이(Hanoi)가 수도 서울로서 중간에 다낭, 남방은 호찌민씨로 구성. 언어는 베트남어를 쓰고 있으며 우리 팀원들이 여행한 3박 5일의 여정은 중부의 다낭 후에 호이안과 남부의 나트랑(냐짱)·달랏·호치민·풍쿠옥·붕타우 등이 있는데 베트남의 인구는 9,885만 9,850명으로서 이란·튀르키에·독일·태국과 거의 비슷한 인구수를 가지고 있는 불교국가라고 할 수 있는데 소승불교보다는 대승불교가 성하다 할 수가 있고, 100년간의 프랑스 식민지 지배의 영향으로 카톨릭의 견고한 성당들이 곳곳에 눈에 보여지는 아름다운 천혜의 열대 남쪽 나라이다. 외부의 침입이 빈번한 우리나라와는 친근감 마저 느껴지고 지난 월남전 파병에 애증이 서린 역사와 최근에는 베트남 축구를 업그레이드 시킨 박항서 축구 감독은 베트남에서 국민 영웅으로 칭송이 자자하다고 한다.

10월 19일(목) 경기 오산역 인근 사무실에서 오전 근무하고 여행용 가방 과 봇짐을 든채로 오산역 환승센터에서 14시 25분 공항 버스 8834번을 탑승하여 인천 영종도 국제 공항 3층에 도착하니 16:00경이 되어서 3층 라운지를 둘러보고 합류 하기로한 회원들을 기다리는 동안 공항 1터미널이 3층인데 A~N구역, A쪽이 1번 출구에서 N쪽이 14번 출구로 구성이 되어있는 바 N구역 끝에 여행사들이 포진하여 있는데 우리네 여행사인 노오란 풍선이 있어서 그사이 다른 회원들이 합류하여 화물을 보내는 수속도 공항 여직원의 친절로 빠르게 진행 완료 후에 시간적인 여유가 있어서 4층 식당가에 가서 한식으로 식사를 하고나서 정식으로 검색대를 통과하는 바 허리띠까지 풀러서 박스에 넣어 검색대를 통과하여 지나가니 지문인식과 여권 얼굴 확인 등으로 통과하여 면세구역으로 왔는데 나의 손가락은 지문인식에 실패하여 다른 부스로 가서 직접하였는데 기분이 그러하였다. 여유가 있어서 커피 한잔에 각종 면세점들을 구경하고 선물용으로 담배 한보르와 양주 1병을 구입하게 되었다.

탑승 출입구는 46번 GATE에 22:10분에 나트랑(나짱) 제주항공(진에어)을 순서대로 탑승 좌석은 앞쪽 A6번 창가 쪽으로 저가抵價 항공이라서 의자가 매우 비좁아서 같은 회원 찬홍사장님은 덩치가 있어서 귀국할때까지 고생이 심하지 않았나 싶다. 물론 장거리 여행이라서 연세들도 있고 온몸이 반응하여 졸다가 깨어보면 컴컴한 상공에 시차도 2시간이나 나기에 그래도 무사히 도착 새벽 01시20분이 되어서 서둘러서 화물짐을 찾아서 나오니 현지인 가이드가 반갑게 맞이한다. 바로 옆에 45인승 버스에 탑승 숙소로 이동하는데 한적한 거리에서 1시간 20분정도 걸려 해안가옆 호텔(NHA TRANG HORIZON HOTEL)로 이동 숙소 배정받아 고단 한 여정을 마무리 하고 투숙 및 휴식을 취하였다.

제2일차 10월20일/금

호텔에서 아침 7시 30분에 아침 조식을 호텔내 식당에서 가볍게 해결하였고 첫날의 호텔에서 다시 짐을 꾸려서 전용 버스에 전부 싣고서 나트랑 시내로 이동 드디어 여행 투어가 시작 되었다.

참파 유적지중 가장 오래된 포나가 참 탑을 보고 바로 이동하여 나트랑에서 가장 오래된 사원인 롱 선사를 구경 하고 인근의 유럽풍의 성당인데 순수하게 돌로 지어진 나트랑 대성당을 관광을 끝으로 인근의 현지식인 분짜 정식으로 점심 식사 후 무려 3시간 이상을 횡단하는 동안 중간에 화장실 등 2번의 휴식이 있었으며 우리나라의 고속도로가 아닌 지방국도정도 로서 다른 교통수단이 없다고 한다. 매우 높은 산을 굽이 굽이 돌았는데 이 산의 길은 우리나라의 대관령 고갯길을 연상케 하였다.

드디어 동양의 유럽 마을 달랏에 도착하여 시내에 기괴하고 독특한 신비의 크레이지 하우스를 관광하였는데 일부는 공사 중으로 안전 불감증이 보여져서 우리나라 시설물과 비교가 되었는데 할로윈데이 때나 보는 귀신탈도 보였고 미로에서 미로로 이어져서 정상으로 나가는 희안 한 건축 양식에서 인간의 복잡한 본성을 볼수가 있었고 좁은 골목길은 관광버스와 승용차와 오토바이가 주 교통수단인데 잘도 요리조리 피해서 다니니 놀랍기만 하다. 달랏 한가운데 5km의 쓰엉 흐엉 호수의 야경을 한 바퀴 돌아서 구경을 하였는바 현지 풍경을 담는 카메라 폰들의 손놀림이 바쁘고 바로 옆에 가이드의 안내로 커피를 판매하는 곳으로 갔는데 베트남 커피가 전세계의 커피 생산량의 2위라 하니 깜짝 놀랐다.

그중에 쪽제비가 커피 열매를 먹고 싼 똥을 잘 말리고 가공하여서 생산한 것이 그 유명한 위즐커피라고 한다. 물론 판매하는 한국의 여인이 재미나게 설명도 잘하였지만 궁극적인 것은 판매의 목적이 있으리라. 상당부분은 상술이 가미 되었다고 본다. 똥커피의 종주국으로서 해발 1500m의 산허리에서 생산하는데 위즐커피는 위가 즐거워지는 커피라고도 하며 쪽제비는 다른 동물에 비하여 위와 장이 5배가 크다고 한다. 그 커피재료를 먹이고 싼 똥으로 정제하는 것인데 흔들면 소리가 난다. 커피나무는 하얀꽃인데 익으면 빨간색으로서 원액을 벗기면 하얀색으로 다섯가지 향이 난다고 한다. 단맛, 신맛, 쓴맛, 짠맛 등이 느껴지는 그향기가 불면증을 막아주고 설탕이 가미가 안되어 있고. 기미 검버섯에 좋다고 한다. 시간이 많이 지나서 저녁은 인근의 한국인 식당의 삼겹살로 허기진 배를 채우는데 월남소주와 맥주도 곁들여서 먹고 숙소인 DU PARC HOTEL DALAT로 와서 여장을 풀었다 회장님 숙소는119호실 그옆이 바로 121실이 나와 룸메이트가 된 점장님과 한방을 같이 하였는데 119호실과 121호실 사이 벽에 문이 있는 구조로서 왕래하기가 편한 아주 옛날

방식의 구조였다.

첫날 밤이나 마찬가지이기에 한국에서 가지고온 소주에 캔을 곁들여서 자정이 넘치도록 이국에서의 밤은 이야기꽃으로 활짝 피웠지만 다음날의 일정도 있어서 잠자리에 들 수밖에 없었다.

▌제3일차　　　　　　　　　　10월21일/토

아침에 호텔 지하1층 식당에서 조식후 버스를 타고 이동 달랏의 지붕인 해발 1900m의 랑비앙 전망대에서 달랏의 시가지와 자연환경등을 구경하였는데 산구릉의 길이 협소해서 관광버스에서 내려서 해발 1500m 주차장에서 7인승 초록색 지프에 옮겨 타고 재차 이동하여 정상에 올라가서(입장료는 베트남 돈으로 5만동 한화는 2500원 정도) 대자연의 위대함과 웅비을 느낄 수가 있었고 하산하여 중식으로 베트남 가정식으로 해결하고 바로 달랏 시내로 이동하는 과정에 도로는 온통 딱정벌레의 모습 헬맷을 쓴 오토바이의 상·하행선을 30km 이하로 달리기에 아슬아슬 하면서도 교통사고 없이 다닌다고 한다. 결혼을 하면 우선 교통수단이 오토바이 이기에 마련을 하여야 한다고 한다. 오토바이에 운전자 앞에 어린아기 뒤에도 어린아기 그뒤가 부인이 탄 그러한 모습이 수백대가 줄을 이어서 오는 모습도 장관이였다. 그래서 우리 관광버스는 제일 큰 차량인 셈이다. 베트남의 응·웬왕조 마지막 황제인 바오다이 황제의 여름별장을 둘러보고 바로 인근의 가장 큰 사원인 죽림사를 관광하였으며 죽림 선원에서 2km 떨어진 달랏폭포를 향해 가는데 오늘의 하일 라이트인 알파인 코스(레일 바이크)를 둘이나 혼자서 타고서 스릴을 만끽하면서 한참을 타고 내려가는데 산속 숲속에 좌우로 빙빙 돌면서 가기에 곳 넘어질 듯 하면서 탄력으로 제법 수량이 풍부한 개울가에 내려서 폭포에서 여러장의 사진을 남기고 다시 레일 바이크를 타고 직상승으로 원위치하여 바로 이어진 캐이블카를 타고 산야와 마을을 넘고 넘어서 도착하여 원주민이 있는 곳을 가기 위하여 대기중에 드디어 비가 오기 시작 모두 비옷을 입고서 순서대로 지붕이 없는 지프에 운전자는 현지인이 하고 4명 씩 탑승 산을 타고 한없이 내려가는 길이 이미 수로로 변하여 물보라를 튀기며 지프는 아슬아슬하게 계곡을 달리는데 비가 오는 상황에서 추억이 가장 남을 것이며 도착한 곳은 고산족들이 산다는 곳인데 널뛰기 놀이와 줄넘기는 우리나라와 같았다. 관광버스에 어린이 여러명이 같이 관광하였는데 신이 났다고 볼수 있다 동심의 세계이니 말이다. 그들만의 지팡이와 채등을 이용한 풍습의 춤을 감상하고 바로 옆 매장에도 한국산 라면과 소주등이 있어서 매우 반가웠으며 평원 중앙에 한가로이 풀을 먹고 있는 하얀 갈기의 말의 모습과 호수를 지나서 순서대로 다시 지프를 타고 원위치하여 프랑스 시민지배시에 기차를 타고 이동하는데 기차안은 일제 강점기의 열차를 연상하게하는 구조로서 차창밖의 현지인의 생활상을 볼수가 있는데 특히 비닐하우스 재배가 눈에 많이 보였고 이 또한 한국인 박사가 재배에 성공해서 퍼트린 작농법이라 한다

스치고 지나가는 밖의 시골스런 풍경, 빨래 줄에 걸린 옷가지들과 커피나무들이 흔하게 보여진다. 역에서 내려서 기관차 위에서 단체 사진도 찍고 철로위에서도 사진을 남기고 인근 한인 식당으로 가서 제육쌈밥으로 식사후 근처 야시장을 구경하는

데 수만의 인파와 각종의 포장마차와 음식들, 열대과일의 좌판
과 옷을 파는 곳의 작은 공간에서 젊은이 들의 대나무악기에 맞
추어서 춤과 악기의 소리가 청아하게 들려와 이국의 밤은 깊어
만 가고 숙소로 돌아와서 휴식을 취하였다.

▌제4일차   10월22일/일

  아침조식을 호텔에서 해결하고 본래왔던 나트랑으로 이동하기
위해서 객실의 가방을 정리정돈하고 수고비 1달러를 놔두고 호
텔과는 작별을 하여야 했다.

  다만 아쉬운 점은 호텔 객실의 침대가 너무 작았고 화장실은
물이 그대로 고여 있어서 매우 불편하였다.

  아주 오래된 격이 떨어지는 여인숙하고 같다고나 할까.

  그래도 우리 회원들의 추억이 많이 남은 이틀간의 정다운 숙소
였으니 이국만리 베트남에서의 밤은 영원한 추억으로 남으리라.

  가이드 미팅후에 나트랑으로 이동하는데 3시간을 걸려서 웅
장한 산을 넘어서 꼬불 꼬불 산협곡을 고갯길을 달리고 달려서
오는데 간혹 자연의 폭포가 흘러내리는 물결도 보면서 반 수면
상태로 오면서 우리나라의 각종도로나 화장실 식당 공항등 베
트남과는 비교조차도 될 수가 없어 자랑스럽기만 하다.

  나트랑 시내에 도착해서 베트남 정식으로 식사후 지정된 쇼핑
센터에 들렸다 베트남 과자와 주류등인데 베트남 소주는 10달
러, 과자인 반건조의 망고나 견과류 등이 다섯봉지에 50달러 인
데 덤으로 1봉지를 더줘서 여섯봉지가 50달러 인 셈이다.

  베트남에서 유명한 관광휴양지 인 머드체험과 탁트인 자연의

하늘을 보면서 알맞게 따스한 온천수에서 물장구도 치면서 수영도하였다 또다른 쇼핑 센터에 들려서 침향에과 노니에 대하여 재미나게 설명을 들었으나 호응도는 별로 였다. 워낙 가격이 비싸고 믿음이 가지 않은 점도 있다.

침향沉香은(AGAR GOLD) 신의 나무로 불려지는만큼 값진 한약재로서희소성이 큰 나무로 6가지 성분으로 구성되어 있는데 델타구아이엔, 아가로스피롤, 쿠쿠루비타신, 베타 셀리넨, 세스퀴르인젠, 헥사택카노익산&알파브레젠으로 되어 있는데 거의 만병 통치약 수준이다. 면역력, 불면증, 뇌경색, 암세포 사멸 등이며 여기에 비해 노니의 효능은 너무나 많이 알려져서 일반화 되어 있다고 본다.

석식은 김치전골로 한국인 식당에서 하였고 바로 앞에 삼륜자전거에(인력거)일인씩 타고 시내를 돌아서 재래 야시장으로 와서 내려놓아 자유시간을 주었다

여기도 역시 한국인이 거의 차고 넘친다. 여기 재래시장에서 500g 4포를 10달러에 구입했는데 전날의 쇼핑센터는 50달러와 대비, 속고 속이는 관광지의 일면을 볼수가 있다.

밤 9시경 다시 캄란 국제공항으로 이동하여 가이드와 작별하고 귀국 수속을 진행하였다.

▌제5일차   10월 23일 / 월

절차를 진행하여 화물수속과 검색대를 지나서 면세점에 들어서 마지막으로 구경하였는데 점포도 몇 개가 없고 세벽이라서 문을 닫는 점포가 많다. 새벽 02:20분에 제주항공(진에어)에 탑

승하여 인천 영종도 국제공항에 09:40분에 도착해서 오산가는 공항버스에 탑승 오산환승센터에 도착하여 무사히 회사에 바로 출근 숨 가쁜 3박 5일 일정의 여정이 마무리 되었다. 이번 여행에 같이 간 회원 10명이 건강하게 잘다녀와서 감사하고 일상으로 돌아와서 휴식을 취하였다.

병방 산에서의 하루

주말 마지막 더위가 기승을 부린 서울 도심
훌쩍 떠난 영동 고속도로
느림보 거북이된 저속도로
강원도 정선읍 병방치길
나의 승용차가 허덕이며
가쁜 숨을 내쉬며
병방치 스카이 워크와 짚 와이어를 지나
올망졸망 비포장의 임도
860m 고지의 병방산 자락
녹색모험의 숲 군립공원
정선의 허브 한반도 지형이
까마득하게 내려보인 그곳
산 정상에 숨어 있는 외딴섬의 보금자리
심야 깊은 밤 별빛이 다정히 손짓
소나무 숲에 산양산삼 의 잎새
익어오는 우정의 잔술이 녹아들고
아침 물안개 피워내어
그림처럼 떠오른 산야 능선들
정선의 계곡들
자연 속의 그림
숲속의 친구들
하나 되어 새로움을 열고 있구나

3부

봄이 오는 소리

복을 빌어주는 나무

욕망으로 이글거리는
년말 연례행사 때마다
오장육부가 살아있다고
너는 나는 살아 숨 쉰다고
사각의 링사이드에서
종일 허덕거린다
하루 하루를 떼어내어
추억의 뒷장으로
인고忍苦의 서랍 속으로
올 한해도 어김없이 지는 해
다가온
필연의 시간 가슴 벅찬 새해
경자년庚子年이 다가온다
2020년 하얀 쥐띠의 해

나이 살이 더하여

바람 부는 겨울 낙엽 잎~새 하나

떨어져 내려와

옷깃을 여미게 하지만

그래 나침판을 잃지 말아야지

나의 내면에 너에게 속삭인다

앙증스런 우주의 중심이

행운목 꽃

바로 그대와 나라는 것을

봄 풍경

잔잔한 수증기 물결 따라
노오란 우산이
실개천 따라서
물소리가 첨벙이며
퐁당 퐁당 돌을 던지던
그 소녀가
세월을 잊고서
풀숲들과 무언의 대화
그리움의
연녹색 봄비 따라
호반의 도시 춘천
공지천변에서
시공을 초월
성큼 다가와
중년이 된 그녀가
살포시 걷고 있네요

봄

들큰하고 쌉쌉롬한
살짝 데친
머위 잎에 초장을
듬뿍
입안가득 봄기운이
스며드는 서녘

동동주 한 사발
곁들여 수양버들
가지마다 연녹색
봄바람이 휘~이 돌아
세월감이 쉬이
아쉽더라

봄꽃의 아우성

꽃 바다 봄날의 오후
눈부시게 하얀 나비되어
날아가는 님의 모습
꽃비가 되어 대지위로
환생하는 봄날의 그리움
내 마음 가득 가득
벚꽃님 내 추억들
꽃잎으로 발그레진
고향의 벗님들이여

봄 비

놀라움의 극치
삼투압 소리
아름다움의 미소
영롱한 빛 받아
떨어지는 물방울
변한 것은 우리 사람뿐
흐르는 비 소리
보슬비가 보슬보슬
내리는 그대
물방울은 그리움의 소리되어
오늘도 그대라는 봄비는
가슴에 두근대며
속삭이며
생명의 봄비가 되어 내리고 있네

봄날 1

봄비 오는 소리
가슴을 적시며
찬란한 꽃잎들이
우수에 젖어
꽃비 되어
날개 달고서
내립니다

꽃잎들의 나신들이
대지 위를 포근히 포옹
눈웃음 가득
그 위를 사각사각
그녀는 다가옵니다

새 생명을
그리움의 혼을
불어넣어주는
봄기운의
봄 처녀가
또르르 흐른
영롱한 빗방울 가득
세기의 사랑을
흔들어 깨웁니다

봄날 2

윤사월
봄 냄새가
간질이듯 속삭인다,
서로 다투듯이
예쁜 꽃잎 얼굴 내밀어
소리없는 아우성
환희의 잔치

발그레한 진달래
수줍은 흰백의 백목련
흩날리는 벚꽃
여리디 여린 가지마다
봄바람에
그네를 타는 수양버들
졸졸 흐르는 개울가

버들가지 소리
버들피리 소리
봄 아지랑이
아른 아른 피어와
새생명을 축복하며
노래하는
화사한 봄꽃의 여인
고향향한 연심 터지는 소리
그대가 늘 그립디 그립구나

봄날 3

하이얀 천사 날개
퍼덕이며
봄바람에 실려와
오솔길 가득
꽃잎들의 잔치
나풀거리는
벚꽃이 물든 스카프
우수의 눈빛
재탄생의 생애여!

내년을 기약하듯
은근 미소의 그녀
따스한 오후는
평화의 비둘기
너와 나
꽃비花雨 속에 영혼의 사랑
흐드러지게 꽃 피워
아지랑이 봄날은
기약도 없이 가고 있구나

봄날 4

아늑분지
봄꽃들이
수양버들
가지마다
봄비먹고
두근대는
가슴열어
그대향한
열정으로
연심터져
아리수는
쉬임없이
흐르는데

봄날의 오후 1

천안천변
가로수길
봄바람은 여리디 여린
가지사이마다
순백의 순결한
그녀들이 꽃잎 되어 춤을 춘다
봄날의 전령사 꿀벌들이
꽃잎위에
둥지를 틀고서
자기할일을 한다

우리네 사람들이
코로나 바이러스에 빼앗긴
소중한 일상의 시간들을
여유롭게 누리고
하늘은 투명한 물빛
천사되어
하강하는 꽃잎들

그렇게 화창한 벚꽃 들은
절정絶頂으로 차오른다
화무花無는 십일홍十日紅 이라 했나
벚꽃나무 그늘 아래
쉬어가는 촌로가
무심한 개천의 물소리
꽃잎들의 수런거리는
생로병사生老病死의 손짓에
무아경無我境에 빠진 그녀
나른한 봄날의 그림자
나비되어 날아오른다

봄날의 오후 2

눈부시게 하얀꽃
나비되어
날아가는 그날
꽃잎 되어
대지위로
환생하는
봄날의 그리움들
내 마음의 백목련
벚꽃잎 들이여
윤사월 봄볕은
아지랑이 꽃피우고

봄비 오는 날

봄비가 보슬보슬
창밖에서 서성이고
가녀린 그녀의 손길에
춘분을 춘정을
생명의 연녹색 두근거림

오늘 이시간이 최고
꽃망울 터지는
소리가
봄비소리가
그대와 나의 가슴에
희망의 봄바람을 불러오고 있네

봄날의 오후 3

봄 향기 불러내어
봄 나들이
봄 바람이
과천 서울 대공원
계곡가득
바야흐로 꽃들의 잔치
가로수 벚꽃들 사이
상춘객들로 넘쳐난다

넘실대는 호수의 은빛 물결
윤사월 봄물
하이안 꽃술 잎새
가녀린 애기소녀의
천사미소가 방글 방글
숲길 코끼리 열차는 힘차게
동심을 싣고 왕래한다

서울랜드의 바이킹이
시소그네를 탄다
오늘따라 청계누리
생명의 연녹색으로 화답한다
가슴시린 봄바람이 간질이는 오후
천진스런 꼬맹이
할배와 손녀의 맑은 눈빛
봄날의 시공을 넘나든다

봄의 전령사 매화꽃

봄바람이
살랑 살랑
간질이는 손자락 사이로
홍매화는 환하게 웃는다
양수리 세미원 상춘원에도
남도자락 광양에도 한창이다

꽃말은 고결함
결백과 정조와 충실이라나
간들어진 봄꽃들이
흔들릴 때마다
봄 향기가 우아하게 번져온다

추위를 감내하고 꽃피워 먼저 온 봄소식
전하는 선비의 절개를 본다
사군자 중에 매화향기
으뜸으로 들어낸 그
활짝 물오른 매화꽃들
봄은 그래서 태동의 시작

비조불통非鳥不通이라 했던가

『새가 아니면 통할 수 없다』라는 명언
하늘을 나는 새가 아니면 갈 수가 없다는
방태산 주변 심산유곡
오지의 대명사
홍천의 삼둔인 달둔/살둔/월둔
인제의 사거리인 아침가리/적가리/명지가리/연가리
이름난 약수인 탄산수의 방동약수/개인약수/삼봉약수/
갈천약수
사이 사잇길 이어진 탐방로
전설의 계곡따라 이제야 길이 열린다

내린천의 청정계곡의 비음소리
1코스에서 4코스, 4-1코스
4개 코스 45km 탐방로
약수 숲길 코스
굽이 굽이 흘러내린
인제의 내린천 물길
자연과 어우러진 곳
맑은물 신비한 초록이끼
온몸이 초록으로 물들어와
어느덧 신선이 되었다

봄이 오는 소리

시냇가에 얼음장
갈라지는 소리
버들개지 기지개 켜는 소리
흐르는 물소리
가슴울림 소리
산울림 소리
조화 이루어낸
산과 강바람소리
이내 생애
세월 익어가는 소리

문설주 가까이 봄이 오는 소리
인천 가정동 아기자기한
정서진 전통시장 어귀에
퍼질러 앉아 오순도순
아낙네들의 수다 소리
나물 다듬는 소리
가녀린 손놀림

냉이와 달래들의
봄소식 어우러진 합창소리
무릎위에 아지랑이 희망으로
봄꽃 피워 오르고 있고

빈 의자

삶의 여정 가득
장암에서 석남까지 7호선 열차는
언제나 그러하듯이
쉬임없이 달린다
지하철 안
날마다 풍경은 다르다
비오는 날은 우산도
그 소유자 마다 각양각색
반쯤 감은 눈길은
하루의 고달픔의 시작
경로석 일반석 임산부석
넘치면 서서가야 하는 여정

아하! 오늘은 빈 의자를
반갑게 다소곳이 앉는다
종점까지 편승 편안하게 간다
문득 옛 친구 그도 편안한 의자에
편승하여 눈비 속에 서도
승리하는 삶을 살아 가리라며
마음속으로 간절하게 기도 하여 본다

수 삼년을 상념과 신념사이 오락가락
어느덧 삶의 종착역이며 시발점역
내일보자 마음의 애증 어린 나의 의자여
희망의 의자여

산딸나무 꽃

참으로 곱디곱다
맵시가
고운 은빛의 저고리
은은한 향기
기품이 묻어난
층층나뭇과에 속한
낙엽성 교목
산딸나무
꽃말은 희망의 속삭임
또는 희생으로 불리우는 너

고난의 십자가
십자가를 만든 나무라나
유럽에서는
신성시되는 그대
분신이 되어
호반의 도시
춘천의 정원에 태어났구나

하얀 꽃의 자태가
봄바람에 살랑이는
네 잎사귀
가을엔 붉은 열매
원형의 꽃술들
자연 속에 품었다

생명선

대천항과 해수욕장에서 바로 이어진 해저터널
해저 깊이 80m
터널 길이는 총 6927m
제한 속도는 70km
터널통과는 7분이라나
2021년12월1일 수년간의 공사 끝에 터널 개통
보령 해저터널 타고 원산도를 경유
원산 안면대교를 지나
도란도란 영목항에
방파제와 선착장
세월 잊은 강태공들

생애의 낚시대 드리우고
건너 바다에 섬자락 사이로
오가는 크고 작은 배들의 물보라와 고동 소리
한걸음에 찾아든 천상병 시인의 생가터
불빛도 없는 작은집
하늘로 돌아간 그의 숨결이 들리는듯
서울 종로 인사동 골목 귀천이란 찻집이 그립구나

바다 양안 섬 아닌 섬 한가운데 울창한 해송들
밤세워 잡아 올린 망둥어들의 이끌림
안면도의 하루가 낮과 밤으로 기울고
대천의 보령과 태안의 안면도를 이어주는 생명선
철석이는 파도음 소리가 환청이 되어
동작휴양소의 밤은 정겨운 코골이로 익어만 간다

서달산 자락은

짙푸른 유월의 산하는
이렇게 시작되었다
호국영령이 살아 숨쉬는
양지바른 동작동 국립 현충원
서달산 자락 아늑한 분지
천년의 세월이 흘러와
배달민족의 가슴으로
흐르고 있는 아리수가
한 폭의 정경산수화
호국영령의 넋을 달래기 위하여
진즉에 예비한 지장사
1931년에 세워진 달마사
예불소리 끊이지 않고
산들바람이 세월 녹여 내어
사연이 서린 비석마다
연녹색의 심장이다

이젠 도시민의 휴식처
한달음에 올라와
땀 배인 어깨와 등허리는
강바람에 시원하다
굳게 열리지 않은 국립묘지 담장이
절반은 헐려와
시민의 품으로 왔음이라
순간의 생
경건한 분지위에 국가위해 헌신한
가신님들의 의연한 생명나무
유유히 흐르는 한강을 바라보고 있구나

4부

어머니

세 월

그림자
따라나온 발걸음
찬바람소리
나의 핏줄이
대동맥이
유연하게 다가온
소롯길 사이
골목길은 서글픈 표정
잘 포장된 그길은
어깨동무하듯이 다가온
상수도 뚜껑
소화전 뚜껑
전신 전화선 뚜껑
외로운 가로 등불
졸고 있는 순간의 시간들
골목마다 부는 바람소리
슬프고 정겹다

차량바퀴에 눌려서 울상의 원형들
그네들은
삼각 사각 원형의
세계에서 황홀한 아픔을 맛본다
끊어진 미풍양속을 본다
그래서 더 설날이 오면
고향이 그립다

소식

봄뜨락의
봄향기
꽃들의 수려한 잔치
담장안과 밖에
봄소식을 알리는
봄바람이
간질이고 있네요

님의 온유한 향기가
이곳 방배 벌판
도심까지
신의 은총이
전해져 오네요

아침 산책길에

송파 가락동 경찰병원 뒷산은
초록으로 물들고
실비가 내려와
대지는 촉촉하게 물든 공원자락
융단을 펼쳐진 이곳에
매미들의 합창 소리가
건반 위에서
또르르 또르르 구르고

살랑이는 초가을 바람
입김으로 생명 불어
곱게 물오른 이팝 나무사이로
다가와 속삭이네
이제 여름은 끝났다고...

아침 출근길

동네 어귀 고샅길
오가는 길손들
저마다 바쁜 종종 걸음 출근길
한 주일 내내 삶이 녹아든
리어카는 종이박스가
빼곡히 담아
끌고 있는
등굽은 할아버지와 할머니
가려서 보이지 않는다
헉헉대는 숨소리
귓전에 맴돌고
폐지 줍는 어르신들
오늘아침도 힘겹게
눈물고개 넘나든다
폐지 몇 장 빈 박스들
손에 들어온 작은 지폐의 온기
그들 마음에 천국의 소망
간절하게 기도하여 본다
한때 찬란했던 시절 회상
인생여정 저리도
고달픈데~~

아침을 열고

새벽 아침을 열고
경춘가도를 청춘열차가
달리고 있다
차장 넘어로 찬란한 햇살이
눈부시게 뿌려주는 산야와 너른 대지
황금빛 들판의 벼이삭들
단체로 고개 숙여 가을바람을
타고서 연신 고맙다고 인사를 한다
북한강의 하이얀 솜이불의 운무가
풍성의 벼이삭 친구들에게
살랑 살랑 키스를 한다
농무릇하게 익어온
중년의 아름다움이여
오호! 자연의 위대한 섭리여

어버이날

늘 불러보아도
차오르지 않는 샘물처럼
아련한 시대의 뒤안길
현해탄 파도소리
10척 중 7척이 건너오다가 바다에 수장
험난한 그길 8월 15일 해방으로 건너와
둥지 꾸려 세운 가정
뒷 그림자 어둠의 역사
악령 되어 따라다닌 일제 강제징용
1941년 군함도의 미쓰비시 공업
혹독한 여정 이였네
어린 시절 그 트라우마에 노출된
나의 형제자매들
하늘나라로 간 아버지의 고뇌가
뼈아프게 다가온다
지나고 나면 후회의 나날들
아픔 없는 천국에서 평안히 쉬시라고
두 손 모아 기도해본다

한세대가 지나서 두세대

이제 곧 칠순이 되는 것을

일제는 사람도 아니었다 짐승 이였다

아픔에 그 시절 위안부들의 통한이

강제징용당한 식민지시절

잔혹사로 남는다

가여운 시대의 희생양 나의 아버지여!!

여름날의 단상

빨간 나신을
드러 내놓고
퍼런 하늘 도포자락
눈부신 태양을 보며
데이트 하잔다
내 몸 불살라서
혼신을 다하는
그런 사랑
홍천의 너른 대지
덕석마루위에서
심장이 빨갛게
물든 고추들
황혼이 도래하면
노사연의 바램처럼
우리네도 익어가겠지

늘씬한 가지와
어여쁘게 윤기 나는
오색빛깔의 콩들이
부러워서 같이 데이트 하잔다
언덕 넘어 고향향한 마음
알~콩 달~콩 하던
그리움의 그 시절로
추억 속으로 빠져들고 있구나

연꽃잎들

꽃무릇 상사화가 사라의 연꽃으로
둥근잎 멍석 깔고 가시로 무장한 '가시연'
연잎 뚫고 꽃대 똑바로 세운 '뚫을 연'
꽃대 높이 올려 키 자랑하는 '고고한 연'
잘난체 꼿꼿이 선 '거만한 연'
홀로 꽃대 올려 잘난체 폼잡는 '외로운 연'
연잎 뒤에서 살포시 꽃잎 연 '숨은 연'
졸리움 참지 못해 비스듬히 '누운 연'
기댈 곳 놓치는 바람에 '자빠진 연'
이슬이 함빡 먹고 다소곳이 '고개 숙인 연'
둘이 나란히 정답게 꽃대 올린 '쌍 연'
도란 도란 이야기 꽃피우는 '네 쌍 연'
양귀비보다 장미꽃보다 화려한 '멋진 연'
꽃대 감추고 물위에 꽃을 띄운 '동동 뜬 연'
꽃잎 하늘거려 벌 나비 모아 '씨 받을 연'
겹겹이 꽃잎 열고 예쁜 세상 수놓은 '이쁜 연'
효녀 심청 인당수의 심청 신고 온 '심청이 연'
그래서 여름비 가득 연잎 연꽃들 가득
차오른 우주 비워내어 균형 잡는 그녀의 지혜
너른 전주 덕진공원 어여쁜 연꽃들의 수런거림

연 말

센치해진 그대마음
세월감이 아쉬워서
떨어지는 낙엽따라
올한해도 숨가쁘게
고장난 벽시계처럼
속절없이 추억으로
눈물난다 반추하며
한해 흐름 아쉽구나
하얀눈썹 그늘진다

오늘의 시작

점검중인지
우리네 현장
옥내 소화전의
싸이렌 소리가
무더위만큼
나의 귀청을 후비고
물기먹은 늦더위
지하2층에 지상35층
아파트공사장
긴 공정 마무리 준공 앞둔
든든한 새내기
이렇게 하루가 시작
기계음소리는 환청 되어
방재실을 흔들어 깨우지만
마천루의 드높은
아파트의 위용
국사봉의 산봉우리
같이 키재기 하잔다

호반의 도시 춘천의 18개동
이 편한 세상 누리
이천 팔백 삼십오 세대의 둥지가
수만의 손길 로 다듬어져
새로운 삶의 터전
흐르는 땀방울 쏘옥 말려주는
가을 찬바람
신명나게 춤추는 고추잠자리
풍악을 울려주는 매미들의 합창
그렇게 시작 되고 있었다

오동도

여수시 수정동
동쪽 신항新港 부두에서 1km
동경 127.46도 북위 34.44도
면적은 0.13km 해안선은 14km
한려해상 국립공원으로
오가는 상춘객들의 발걸음을
섬속 깊이 숲속 터널로 인도한다
오동도 등대가 동백꽃잎차가
비릿한 바다내음에 파도는
세월 거슬러 올라가
여수가 만들고 세계가 받드는 충무공忠武公
이순신 장군
위용을 자랑하는 거북선이
해상 케이블카로 절경을 보여지는 해안선들
만성리 검은 모래 해변 해수욕장까지 아우르는
여수 중심의 섬 오동도
동박새꿈 정원과 시누대 터널
바람골과 용굴지나 불어오는 그리움의 향기
선홍빛 물결이 아름다운 너
한국의 아름다운길 100선에 선정된
아름다운 섬 오동도

올망뎅이 묵

그림자 되어
아련하게 떠오른
인천 계양산
산행후 하산 초입
겉은 까맣지만 속은 하얀
올망뎅이
곱게 만들어낸 묵사발
나탈 나탈한 찰진 묵
혹은 올미라고 불리우는
봄철 소쟁기로 논을 갈면
따라 나온 풀뿌리
곱게 만들어낸 묵사발
초근목피草根木皮의 그 시절
묵을 만들어 허기진 배 채웠던
초등학교시절을 불러온 산 입구의
알싸한 주막집
올망뎅이 묵 가루 무침
동동주 한 사발
등산객의 입맛을 사로잡은
추억의 그리움으로 물들고 있고

오월의 장미 1

골목 길가
아담한 대문 옆 담장
손 흔들며
오월의 장미가
화사하게 미소짓고 있네
그녀의 마음이
오가는 인생들
모두에게 희망의 메신저
사랑의 기도를
봄바람에 실려와
골목안 가득
흐드러지게 피인
그녀의 앙증스런
소녀시절의 알싸한 추억
불러낸 빠알간
넝쿨 장미 꽃송이들

중년이 되어
오늘도
도란 도란
귓 이야기
희망의 꽃향기
들려주고 있구나

오월의 장미 2

아침 출근길
만난 오월의 눈부신 그녀
빠알간 선분홍빛 입술연지
아침 햇살 받아
선명하게 빛나고
흔들리며 피워 오른
꽃송이마다 탐스런
봄날의 찬란한 손짓
간질이는 봄바람
아담스런 초등학교
담장 넘어서
오가는 남정내들
오월의 여인 그대는
유혹하고 있네요

장미꽃

앙징스런
초등학교 담장이
해맑은 미소로
오가는 사람들에게
오월의 봄바람에
흔들리며
손 인사를 한다
영희와 철수
숙이
얼굴도 보이고
추억의 초등시절
재잘대던 그때가
현실로 다가와
중년이 된 그녀
빠알간 장미꽃 되어
한아름으로 안겨와
순간
담장은 눈시울의
그립디 그리운
추억의
장터가 되었다

오월이 오면

고향 언덕배기
사알짝 다가오면
녹색의 신록들
아카시아꽃잎이 다가와
봄빛 아지랑이 피어나는
산 구릉이
밭 이랑가에 호미질
인고忍苦의 풀숲에 어린
내 어머니
초근목피草根木皮
쌀 한 되박에
하루의 품삯이
그날 밤 밤새워
하늘만 쳐다보시던
가여운 나의 어머니

선명하게 떠오르는
고향 언덕 나의 집들 추억 속
잠긴 오늘
오늘도 나는 어버이 되기를
어려워하며
넘어가는 초승달빛에
가는 세월 그림자
초로初老가 된 나를 내려놓는다
보고픈
나의 그리운 어머니여

위가 즐거워 지는

위즐 커피
위가 즐거워 지는 커피
커피나무는 하얀꽃
익으면 빨간색
해발 1500m
쪽제비에게 먹여서
응아한 똥 커피로 유명한 베트남
커피 종주국 생산량 전세계 2위
쪽제비는 위와 장이 5배 크다나
커피 원액은 청량한 소리가 난다
원액을 벗기면 하얀색
다섯가지 향
단맛나는 커피
단맛 신맛 쓴맛 짠맛
느껴져 오는 그향기에 그만 녹아든다
불면증도 막아주고
기미 검버섯에도 좋다 하네

에소프레소의 카페모카와 카라멜 마키아또
흔하게 듣던 카페라떼
우유는 필수 첨가
카페인 함량이 도발적인 로부스타RObusta
주요 생산지는 베트남 우간다와
콩고 필리핀과 인도네시아
잊을 수 없는 위즐 커피 향이 넘치는 오후

유월의 향기

초여름비가
살며시 뿌려와
너른 대지는
입맛만 다셨다
자연속
초록빛 텃밭은
바람에 흔들리며
앵두나무가 힘에 겨워
선홍빛 앵두열매가
반짝이며
고운 자태를 들어낸다
밭이랑의
하이얀 꽃의 고추들
연분홍 꽃의 가지
산들 산들
자색꽃술의 넓은 콩
순진무구의 토마토 꽃잎
아직은 아닌 듯 돼지감자는
푸르름의 네잎으로
다섯 꽃술의 노오란 오이
풍성한 채마 밭

뽕나무의 새콤달콤한
오디, 앵두열매가
오이와 상치가
입안가득 상큼한 향기
임금님 수랏상 이로소이다

유 학

23kg대형 여행 가방이
몸부림치듯 앉은뱅이저울에
매달린다
부르르 떠는 저울의 눈금
초심을 잃어버리듯
옷가지 하나 하나
담을 때 마다
생애의
눈금은 방글 거린다
온기가 스며 있던
딸아이 방은 외로움이 밀려든다
가을낙엽
뒹구는 그 아픔
가을비 눈물이 되어
다가온 겨울 앞에서
소리 없는 세월을 밀어 낸다
들려오는 비행기의 굉음소리
육중한 몸무게
창공에서 유영을 하듯
태평양을
횡단하는 딸아이

텅 빈 방을 보면서
하늘의 별을 본다
하루가 일 년처럼 간절한 기도의 음성
이역만리 미국에도
신 새벽 아침햇살이
떠오르고 있겠구나

어머니

동구 밖 언덕길에 서서
산 구릉이 신작로 사이로
그림자 자취가 사라질 때 까지
하염없이 서있어
돌부처가 된 내 어머니
눈가에 흐른 인고忍苦의 주름살이
어느덧 고향향한
그리움으로
환청이 들려올 때면
차라리 고향친구 붙들고서
꺼이꺼이 속울음으로
목울대 아프도록 사무친
고향의 흙냄새
당신이 차지한 한 두평 남짓한
양지바른 그곳엔
또 다른 시간이 평안을 재촉하고 있네요

5부

충주호에서

인 연

물안개 피워 오른 강가
생명과 인연의 다리
천년을
굽이쳐 흐르는 소양강
그대와 내가 만나는
칠월칠석날
전설속의 두 남녀
중국의 장가계
천문산 자락 홀연히
고운자태
춘천 소양호반으로
이어져
순정무구
우렁각시
소양강 처녀
그녀의 간절한 기도
소원하는 그리움

물빛따라 수증기로
미립자들의 혼을 불어 넣어
시공간을 넘어와
애틋한 사랑은
그렇게 이루어진
사랑의 다리
봄녘에 물든
소양3교라 하네

일 상

남춘천역 자동 발매기
카드가 전출입
승차권 예쁜 앞 얼굴
itx청춘 열차 2078호
4호차 13A 좌석
강촌지나 굴 봉산
가평역에서 숨고르기
1층이 아닌 2층 좌석에서
따라 나온 가로등
레일 위를 힘차게 달리는 청춘열차
어둠을 뚫고서
한 생을 달린다
국지성 호우
바람도 시간도 그리움의
물보라도
차창밖에 그림을 그려댄다

호반의 도시 춘천
강 양안 추억 열차
희망과 사랑을 가득
신고서 청평 지나
호평 평내
그리고 서울 청량리
애환이 스며든 용산역
이탈을 한다
잠시 머문 그 자리
플랫폼에서
아쉬움의
한강 철교의
검푸른 아리수가
반가이 맞이한다
내리는 그곳이
생의 종착역이 될 수도 있음을

입 춘

홀로 방안에 앉아
바라보는 창밖
천안 삼거리에
가로등 불빛 반사되어
내리는 함박눈을 보며
애끓는 이내 심사 어이할거나
이런 때에 녹아드는
백설기 눈꽃이 최고인데
호호 호빵이 최고인데
사랑은 저 멀리서 손짓만 하네
밀려오는 고독과 두려움
어둠과 여명의 빛
그래도 오늘이 입춘立春이라
희망의 등불을 켜는 춘 사월을 보았음이라
그의 보이지 않는
살아 있는 믿음을 보았음이라

출근길 1

오늘이 있어서 좋다
어제도 내일도 아니고
아침 출근길에 만난
칸마다 꽉찬 사람들
무표정에 가려진 삶의 뒤에 웅크린
각양 각색의 코로나형 마스크
그래도 벌름 벌름 들숨 날숨
매월 첫날은 출근길이 새롭다
어제 명강의에 내가 행복해야
긍정의 글쓰기 시쓰기가 생각이 난다
거울속의 거울이 나의 본 얼굴
지하철은 사당역에서 시작
4호선 금정역에서
1호선 천안행 급행열차를
분·초 사이로 환승
오늘은 로또 수준
목적지는 수원을 경유
오산역 인근 삶의 터전이다
지하철안 모든이 들에게 희망의 기운
불어 넣어 본다
미지의 꿈도 풍성한 가을바람도 덩달아서
종착역이 바로 시발점인 것을

정년 퇴임축시

자연의 놀라움의 극치
초여름비가 리드미컬하게 내리는
유월의 오후
서울 동작의 보라매 분지위에
세워진 동작 119의 요람
귀밑머리 허연 풍상 30여년의 성상
길고도 짧은 공직생활
각종의 재난 현장에서의 눈부신 활약
차라리 도심은 전쟁터였습니다
지난 홍제동 주택화재 사고
인근의 보라매병원 화재와
한강의 수난구조
상도동 위험물 저장소 폭발직전의 인명구조
화재진압 구조, 구급 생활안전
서울전역을 누빈 진정한 사나이

이제 법에 의하여 정든 직장을 떠나야 한다니

아련히 들려오는 장구소리

심금을 울리는 가락 장단들

빛나는 각종의 봉사 활동과

멋진 사회자로서 통솔과

귀감이 된 리더자

선·후배들 속에 각인이 된 그대여

제2의 멋들어진 생을 설계하며

가내에도 행운과 축복이 같이 하시길

기원하나이다

참으로 수고 많이 하셨소이다

2019. 6. 21. 직장 선배 동료 덕천 손 옥경 드림

주말

오월이 시작되는
주말
너른 들판에 내리는 비
텃밭은 환호성이다
등위로 뿜안 수증기가
피어오르고
이랑마다
검정비닐이
그위에 투박한 손놀림으로
쿠~욱 찍어 45도 각도로
대지와의 입맞춤
성긴 흙들은 빗방울에
몸을 내어 춤을 춘다
꿀 고구마
밤고구마 다섯단
그러면 오백포기가
나란히 줄을 서고
가을의 결실을 위해
출발점에 섰다

가자 힘들고 어렵다던 코로나도
이겨내어 튼실한
고구마의 왕림을 기다리며
상치에 쑥갓을 씻어
소찬에 막걸리 한 사발
흐른 땀을 식혀주는 소슬바람
서쪽으로 해는 기울고 있고

진수성찬

진
진짜
수
목숨이 붙어 있는 그날까지
성
성대하게
찬
찬찬히 음미하며
가슴을 열고
춘천의 석사 마을에서
못 다한 정한情恨을
풀지 못한 과제를
청운에 부푼 꿈
과거시제 논쟁의 과방
한양까지 널리 알려진
선두의 장지찜
애호박에 붉게 물든 생선
천상의 맛조림

진수성찬의 홀린 맛난 향기
치장한 대파들의 은근미소
강원도 춘천의 선비님들
허리괴춤 다 털어
뽀얀 탁배기 한 사발
시공을 넘나든
술잔 부딪치는 소리
오늘만 같아라
우정의 밤은
달빛 별빛 되어
깊어만 가고 있구나

충주호에서

그림 같은 호수위에
아침을 열면
수평선 자락
능선의 실루엣
물안개 피어 오른
선착장에
임을 기다리는
외로운 통통이 배
드디어
뱃사공이 홀연히 내려와
노젓는 소리
거친 숨소리
코로나를 가르는 소리
저녁이 지나면
아침이 오듯
우리네 생이
익어오는 매미들의 합창

조석으로 서늘바람
불어와
희망의 홀씨를
뿌리는 날
충주호는
생명의 원천이 되어
끝임 없이
흐르고 있구나

창밖에 어둠이 내리고

그대 그림자
보일 듯 말듯
대지가득
희망의 달빛 되어
은쟁반위에
비추이면
사연이 깃든
조선 최고 도공이 빚은
계영배의 술잔
과거와 현재를 넘나든
이 한밤
철철 넘쳐난
참 이슬도
밤이슬 되어 목젖을 타고
적셔 오는데

오는 이는 아니 오고
무심한 별님 만
가슴으로 빛을 뿌려 줄때
그리움의 달빛무리
살며시
설레임으로 다가와
살아있어 살아 있다 라고
들려오는 강아지
짖는 그 소리가
희망의 멜로디가
환청 되어
이 밤사
들려오고 있구나

천안 온달네에 가면 그것이 있다

나라의 아욱나물들이
천안 골 온달네에
대파와 멸치 그리고 건새우 덩달아
된장 커플 만나러 한달음에 왔다
환상의 조합
퍼즐의 끝이 어디 메뉴
사대四代가 같이
사계절 살아 움직이는
작지만 큰 안식처
주방에는 봄 향기가 넘쳐난다
혹독한 추위도
열사의 무더위도
모녀간의
손녀간의 알찬 손놀림
임금님 밥상으로 거듭난다
지저귀는 새소리
닭 울음소리
층층이 올라가는 건설현장의 쿵쿵 소리
가득 찬 식탁엔 근로자들의 잔치
모두 다 정겹다

소우주 주방에서 들려오는
유쾌한 칼 도마소리가
그중에 최고 으뜸음 소리
봄철 향기 스민 아욱의 잠행
된장과의 멋진 만남
사대四代집안의 튼실한 허리
주방의 안주인 그녀는 진정한 어머니
고향의 어머니 손맛으로 환생
눈가엔 어린 고향언덕이
아지랑이 버들개지 되어
봄꽃 추억으로 다가왔다

초 여름비

대지위에 성의 없는 키스
초 여름비는
왔다가 바쁜지 가버렸다
입맛만 다셨다
초록빛 텃밭은
바람에 흔들리며
하늘은 잿빛 구름
텃밭가까이
앵두열매가 선홍빛 둥근 자태를
맵시 있게 출렁이고
하얀 꽃의 고추
연분홍 꽃의 가지
자색꽃술의 넓은 콩
아름다워라 토마토 꽃잎들
아직은 아닌 듯이 돼지감자는
푸르름의 네 잎으로
다섯 꽃술의 노오란 오이
풍성한 초 여름날의 잔치

뽕 나무의 새콤달콤한
오디열매와 앵두열매
오이와 상치가
입 안 가득 왕의 수랏상이로소이다

초여름날

초여름날
빠알간 장미 꽃들이
해질녘 담벼락위로
넘실대며
웃고 있는 그대

진한 향기 가득
산야 곳곳에 너의 흔적들이
유월의 꽃바람 여인

아카시아 하이얀 덩쿨
치맛자락 펄럭이며
소양호 주변
지류 공지천 개울가
백학이 운무를 한다

계절의 여왕 그대
싱그런 연녹색
숨죽여 생명의
그녀의 비음소리를 듣는다

유혹의 장밋빛 입술이
눈앞에 성큼 다가온
나른한 오후

초여름날의 오후

초여름비가 후드득
심금을 울린다
세상의 인연이
수많은 연꽃잎에
또르르 이슬이 된다
우주의 영롱한 물방울
방울 방울 호수는 넘칠 듯이 차오름
꽃잎에 담겨진 생애
차오르면 기울어져서
이내 평정으로 돌아와
의연히 서 있는 연꽃들의 자태
오묘한 자연의 섭리와 섭생
불타가 연잎에 피인 꽃속
흐른 저 구름아 바람아
고단하여 핸드폰을 손에 들고
코 잠자는 셀러리맨
극락의 빛나는 빗방울
가슴으로 가득 받아
셀러리맨의 입가는
헤벌쭉 꿈속에서
그의 부처가 미소 짓고 있네

추 석 秋夕

설날, 단오와 같이 우리나라 3대 명절
가배라는 이름으로
가윗날, 한가위의 가위로
조상의 얼을 기리는 전통의 명절
풍요를 기원하는 민족의 명절
올벼심미 라는 호남지방
풋바심이라는 영남지방의
햇곡식으로 성주단지 채우고
송편을 정성을 다하여 빚어와
조상에게 차례 지내는
아름다운 풍습의 모습
감사와 효의 마음은 간데없고
공항만 러시아워
관광지에서 차례 지내는 아이러니
어린 시절 달빛 가득 고향 산천
성묘하던 그 시절 그립디 그립구나

최남단 마라도에서

제주가 특출 했나
특별자치도
남 남쪽 바다바람
거슬러 힘차게 항해하는
송악산101호
마라도는
늘 민족의 성지
그래서 희망의 돛을 올려
거친 파도음
허연 물보라
우리네 제2의 미래도
멋지게 항해하리니
그림자 되어 안내해준 등대도
숨어버린 바다갈매기도
순간의 생을
관조하기 위하여
유영하리니

희망의 섬 그대를 바라보며
펄펄 살아 숨쉬는 대지
둘레길 언저리
반가운 바다바람
연륜이 깃든 교회당
걸려있는 십자가
뜨거운 믿음의
입맞춤
다가와 철썩거리는 너른 수평선
우리네 인생처럼
살아있는 섬 마라도
나를 반긴다

일 상

한 여름 무더위가
기승을 부린 칠월 하고도 중순
서울에서 출발
유서 깊은 경기여주 그리고
대신면의 여주 이포보를 지나서
정적이 흐르는 아담스런 마을 어귀
맞이하는 이는 없지만
어느새 해바라기가
고구마 잎줄기가
푸르름의 잔디사이
280년의 고송
그는 느티나무 수려한 자태
수고는 14m
둘레는 8.2m의 보호수
청년의 기상으로 날 반가이 바라본다

마음속의 악수를 하며
계곡 골짜기 우거진 숲 사이로
남한강 상류의 평원
평화를 본다
미래를 본다
한가로이 유영하는
고추잠자리를 본다

추억의 남쪽 섬나라

경상남북도와 제주도의 면적
고구마 형태를 지닌
슬프고 깊은
애련의 역사가 살아 숨 쉬는 대만
장개석 총통의 동상이
울부짖는 바다양안을
과거와 현제
그리고 미래를 향해 굽어보는
중심가 타이페이의 광장
101층의 위용이
중국대만인의 자존심이 보여지고
천년의 역사가 잘 보관된
유독 빛난
서태후의 유물들
타이페이 역에서 화련 역까지의 여정
퍼붓는 스콜성 비바람
열차에 깊어만 가는 우정의 대화
시간의 의미를 뒤로 한 채
석회석 빛 물보라가
드넓은 협곡을 분탕질하며
거세게 흘러내린다

오백년을 먹여 살릴 천연 대리원석이
매장된 이곳 산야
거대한 폭포수가 장관을 이루고
신의 한 수 풍경 산수화에
감탄의 순간들
손문과 김구선생의 그림자
일제의 잔재가 동병상련 일진대
너른 태평양에 다가온 태풍의 길목
자연을 이겨낸 섬나라
관우장군 사당이 모셔진
270년 된 용산사의 절에서 나란히 한 컷
야시장에서 이야기꽃으로
3박 4일은 멈추었다
초등 회갑 기념의 해외여행
비행기는 인천국제공항에 안착
추억의 한 페이지 잊지 못할 그날들
고맙고 반갑구나 고향친구들이여

출근길 2

아침 오산 가는 전동 열차
열차안은 고요와 침묵으로
반쯤 풀린 눈동자와 어설픈 자세들
속도가 붙은 1호선은
레일위를 처절하게
내몰리듯 달리고 있네요
고장이 났나
브레이크도 없는
인생이란 삶의 열차
올 한해도 막바지 허덕거리며
덜렁 한 장만 남아
숨가쁜 시간들을 다독이고 있지만
북풍한설 문풍지처럼
애처롭게 펄럭이네요
그래도 꽃피고 새가 지저귀는
찬란한 생명의 봄을 기다리고 있을래요

6부
친구 생각

찰라의 이별은 더 큰 사랑을 부르고

치과병원을 뒤로 하고
경부선 무궁화호 열차에서
무심하게 바라본 차창 밖
쉬임 없이 달리고 달리는
우리네 생애주기의 열차
흰 구름 두둥실 떠도는
하늘과 대지 끝 격전지
작은 공간에서
평생을 고생한 입술 공간안 치아齒牙들이
아프다 아우성
오늘은 한 개 떠나보냈다
즉 발치拔齒 했다
다섯 개가 대기중
아팠다 생살 쩨는 그 슬픔
새로운 원군의 임플란트가 반짝이며
내 몸에 구조하러 온단다
내 몸은 마취에 취해 구름 같은
차 한잔이 해독하여주는 세월
시작이 반이라 했겠다

벗님들이여

입안가득치료가 끝나는 날

잘 익은 동동주

한바가지 퍼주시오

청자 죽문 계영배戒盈杯*의 절주배節酒杯*의

의미도 되새기며

기립한 안주는 춘천의 닭갈비살

그것도 뜨거운 우정의 가슴살로 주이소

* 계영배 : 술이 일정한 한도에 차오르면 세어 나가도록 만든 잔
* 절주배 : 과음을 경계하기 위해 만든 잔

친구 생각

깊어만 가는 갈색 빛무리
오랜만에 떠오르는
친구의 얼굴들
전선도 없이 타고
들려오는 핸드폰의 육성음
은빛 구슬의 음성에서
짙은 상념의 향수가
고향 냄새가
푸성귀 냄새가
풋풋하게 난다
고향 언덕배기
신작로를 걸어서
책보자기를 메고서
걸어가던 앙증스런 소년 소녀가
추억 속에 떠오른다

세월 벽을 넘어
서울 도심
중년의 남정내와 여인이 된 그대
그때가 그립다
어머니의 품이
보름달빛이 가득한
고향 언덕이 그립구나

칠월도 가는데

졸고 있는 희미한 가로등
흔들리는 가로수들의 비명소리
가슴으로 다가와도
오늘따라 삶의
고독의 술을 참고
머리 싸매고 있는데
창밖은 오색 무지개 빛깔
섬광을 일으켜
뿌려대는 강한 손길
자꾸만 창문을 두드려서
열어보니
광란의 세찬 비바람 소리
여름밤의 장맛비가
너울 너울 너울춤을 추고
방 한 켠에
빙글 빙글 돌고 있는
낡은 선풍기 소리도
힘에 겨웠나

그녀의 앙칼진

문두드림소리

울림소리

애련哀戀의

탁배기 잔 부딪치는 소리

세월 속으로 풍덩

우리네 인생은

빗방울로 스며들어

사라져 가고 있구나

코다리

바다의 왕자 그대가
인연 깊어 육지왕림
엇걸려 맨 매듭 네 마리 굴비두름
생명줄에 의지한 어여쁜 코
갓 잡을 때는 생태 얼린 것은 동태
건조시켜 말린 것은 북어 그리고 건태
동해바람 건들거려 얼렸다가 녹였다가
노오랗게 말린 황태
명태를 십오일 동안 반 건조
그것이 최고의 코다리
해독 성분이 넘친 메타오닌과 아미노산이
풍성한 박은자 맛 사랑
오늘도 여기 소담스런 곳에서
구수한 막걸리에 원기보충 우정 보충
넘어가는 목울대 가득 침샘 자극
아삭 아삭 임금님 밥상
세월 멈춘 코다리 찜 최고의 미각
쫄깃한 어머니의 그 맛
잊을 수가 없소이다

토요일의 하루

어제 오전은 오산에서
어제 저녁은 당산역에서 향우들 만남
오늘은 호반의 도시 춘천에서
나의 그림자 청춘 열차
1호에 4c좌석에 착석
차창 밖 창가에 스치는
풍경들 신비스런 하나님의 걸작들
따라나온 한강의 물결에 실려온 숨결소리
찬란한 겨울 햇살들
창안으로 들어와
날 반긴다
강 유면은 반사되는 생애의 거울
라이딩하는 시민들
은빛 억새풀들도 환영하는 미소
도심은 서서히 뒤로 하고
힘차게 미래를 평생을 약속하는 신성의 장소
춘천 퇴계로
혼례식장으로 가고 있는 중년의 신사
뜻깊은 축하의 날에 축복의 기도를 기원하리니

칠순七旬의 친구親舊여

꽃잎 떨어져 바람인가 했더니 세월歲月이더라
창밖 바람 서늘해 가을인가 했더니 그리움 이더라
그리움 그대를 와락 안았더니 서러운 눈물이더라
세월歲月 안고 눈물 흘렸더니 아~빛나던 옛 정情 사랑이
더라
남아있는 것은 오랜 지기知己의 벗 친구親舊였더라

평택 텃밭에서

열무와 보라에 연한 파랑이 섞인
겨잣빛 저고리에 가지색 치마
잘 익은 가지들
오이고추와 매운 청양 고추들
엉킨 고구마 줄기
샛노오란 빛깔의 참외
성숙해서 익어 오른 황금빛
안으로 사알짝 굽은 오이
땅콩도 바람에 얼굴 내밀고
들풀들의 속삭이는 소리
매미와 풀벌레가
가을이 온다고 속삭이는
유영하는 고추잠자리의 비음소리
서녘은 기울고 있는데
화평은 떠오르고 있는데

퇴근길

해질녘 춘천에서 출발
언제나 변함없이
맞이하는 2102호 청춘열차
강 양안 따라 속도를 낸다
귀청이 먹먹하다
차창 밖은
연녹색의 푸른 강물줄기
김유정역인가 했더니 강촌
가평 역에서 숨 고르기
나의 옆 빈자리는
나의 가방이
웃으며 보고 있네요
세월 따라
가는 우리네 잔상들
삶의 현장에도
세찬 봄바람이
검은 천으로 가려져
올라가는 아파트 공사현장
파열음이 아닌
정교한 타악기의 망치들의 울림

12층에서 잠시 한눈을 팔고 있네요
순간 나의 흐른 시간
곧 청량리역
고운 고향의
그대가 손 흔들며
포근하게 맞이하겠지요
오늘의 수고로움이
내일의 희망인 것을

평안의 밥상 온달장군

그곳에 가면
그 집에 가면
고향냄새가 난다
숨바꼭질 하던 동구 밖
마을안 소롯길이 술래 잡이의
정 깊은 자연향이 스민 그길
아늑 분지위에 하이얀 눈이
소리 없이 내리던 날
추억의 동치미 국물이
현실로 돌아와
오늘은 보글 보글 아욱국
오호! 어제는 김치국
내일은 육개장
믿음으로 키워낸 아삭 아삭
감칠맛의 콩나물국
신작로 길가 즐비한
풀라타나스나무에 이는
사계절의 바람소리
실려 온 구수한 청국장

토종 된장국에 감자 국물
목울대 넘어가는 소리
막힘이 없다
온달 네 밥상들은
오색 무지개 정성의 윤기가 난다
내일은 어떤 메뉴일까
고향향한 어머니의 손맛으로
녹아드는 오후
평안의 비둘기 천안고을
온달 식당에서 퍼덕이고 있구나

풍경 1

오후 오솔길 산책
들꽃들과 어우러져
화해라는 꽃말의
하이얀 물결 개망초 풀꽃들
바람에 속삭이며 손을 흔들고 있네요
여름날의 태양도 은근미소
솜털구름 뒤로 숨바꼭질
너른 대지를 그윽하게 바라다봅니다
감흥어린 매미들의 합창
바람결에 흐르듯
창공을 나르는 저 작은새들
추억의 통키타 소리
어니언스의 작은새가
시공간을 넘어서 나왔나 봅니다

할미꽃 1

세월 꽃이
수줍게 피었네
무엇이 부끄러워
고개를 숙이고
인고忍苦의 세월 보듬어 내어
흩날리는 봄꽃 잎들
봄바람사이로
연정의 머플러가
세월을 녹이고
이름 모를 봉분가
할미꽃이 손 내밀어
고향 할머니와 손녀 손잡고
천진스레
망부석 되어 한없이 서있네

풍경 2

공지천변 한가로이
산책하는 하이얀
물새 한 마리
기린의 목이 되어
천변의 풀숲
뒤척이며 은근의 대화
신비의 자연음
귀 기울이며
물 흐르는 소리
재잘거리며
따라 나온 자전거도로
아침 산책하는
동네사람들의 소리
실개천 한가운데
눈이 쏘옥 들어오는
물새 한 마리

유유자적

시공을 둘러보며

날개 퍼덕이는 소리

평화와 사랑을 부르는 소리

오늘의 한 순간들을

애틋한 그리움

삶을 노래하고 있구나

해질녘

삽질에 호미질에
굳은 땅은
환한 얼굴
햇살도
등 뒤에서
웃으며 톡톡
떨어지는 땀방울
고추와
가지에 들깨
당귀에 애련의 적상치
귀여움의 대파
키 큰 이의 날씬한
어린아해 옥수수 모종들
한판에 백포기
텃밭은 어느새 푸름으로
허리와 다리
입에서는 선하품

해는 기울고
밤이슬이 내리면
수고 했다고
개구리들의 합창소리
뒤로 하며 서울로 귀환
달빛이 손을
흔들어 줍니다

행복밥상

화목이여라 해찬들이여라
형제 자매들이 모였다
첫째 언니는 고소함이 가득 토종 땅콩
둘째 언니는 안토시아닌이 풍성한 자색 땅콩
셋째 막내는 비염에 좋은 작두콩
수확 후 바로 먹는 피땅콩은 오빠
알알이 사랑이 열린 알땅콩은 동생
형제 자매 오손 도손 그리워서
생작두 껍질채 작두콩들
행복 밥상 넘쳐난다
양평 들녘 양지바른 너른 지평선 채마 밭
꽃 웃음이 피어난 원두막
가을바람이 은근슬쩍 불어와
연륜의 콩잎새 되어서
밭 이랑가 살랑이는 가을 들녘
돌솥밥 가득 백미 속 알알이 빛난 콩들의 재탄생
풍성하고 고소한 사랑으로 다가오네

할미꽃 2

모진 바람 이겨내어
수줍게 피었네
진분홍 빛깔의 여리디 여린
할미꽃
한恨의 세월 보듬어
바람에 흔들려와
곱게도 피었네
천리 먼 길 돌아와 고향언덕
추억의 산야山野
양지바른 봉분가
손녀의 해맑은 미소 받아
할미꽃이 천진스레 웃고 있네

호수의 요정이라 불려지는 그대

반짝이는 은빛 날개
투명한 몸매 커다란 눈망울
날렵한 동작
너른 강가 얼음장 이불 벗 삼아
거침없이 내어 달린다
추울수록 신이 나는
호수의 요정
소양호 춘천호가 최적지 요람
전라도 지역은 민물 멸치
충청도는 공어
경기도와 강원도는 메르치, 뱅어, 백어
경남 일부는 오까사끼, 아까사끼로
불리 우는 그대 빙어
춘천시 서면 오월리에서 빙어 축제
반가운 해후의 견지낚시
미끼는 콩알 보다 작은 구데기

초고추장 찍어
살아있는 그대로 입안가득
옅은 오이향의 살맛과 사각하는
식감에 추위도 녹여내고
아삭 아삭한 빙어튀김
빙어 매운탕으로 마무리
잊지 못할 추억으로의 여행 이였다

혼례축시

심연 깊은 가을날
건반위에 가을 단풍은 음률 되어
피안彼岸 가득 평안을 내린다

간밤에 불러낸
가을빛이 흐른
새악시 볼을
가을바람이 간질이면
풍성의 들녘으로 가득찬 은총

밤 세워 달구어진
그 사랑을 위하여

내가 새라면 너에게 하늘을 주고
내가 꽃이라면 너에게 향기를 주지만
나는 그대에게 불멸의 사랑을 주리니

얼마나 애타게 기다려 왔던가
우연이 아니고
필연의 인연을

움트는 초록빛 생명의 소리
삼투압 작용이 드디어
두 사람 하나 되어
산과 강이 되어 바다가 되리니

알~콩 달~콩 백년가약 해로 하리니
진심으로 선남 선녀 진혁과 은지의 혼례를 축복하리니

홍천강 지류에서

강원도 홍천 용소리
깊은 상념에 두들기는
이야기소리
어느새
붉은색 황톳물
굵어진 빗방울
칡덩쿨 잎새를
넘실거려
늦 여름밤을 달군다
뛰어놀던 피라미 껍지
양념에 섞어서
냄비 그득
잔술에 녹아든
홍천강
첩첩산중 둘러 내린 지평선
하이얀 운무가 보일 듯 말 듯
생애에 춤을 추고

아삭이는 빈대떡
고소한 쉼터
화평에 물
우정의 담금질
멈추인 초록의 밤은
깊어만 가고 있구나

환 생

샛 노오란 단풍 잎새
나풀거리며 날아와
빠알간 머플러 어깨위에
안겨오는
심연 깊은 가을
리듬타고 내려오네
앙상한 나뭇가지
바람에 흔들려도
생은 오고 가는 것 이지만
기어이 봄날은 오는 것
잔잔한 아리수
인연 속에 녹아든
속 깊은 강물
환생의 찻잔을
꼬~옥 안고
이승 인지 저승인지
애둘러 헤매지만
지금 현재 그대와 나
천사의 미소를
삶의 의미를 보았네

평 론
복재희

덕천 손옥경 그리움의 방향
그리고 자연예찬 소묘素描들
─ 제 4집 「내가 가는 길」 론

복재희

(시인 · 수필가 · 문학평론가)

1. 프롤로그 ─ 덕천 손옥경 시인의 시와 개성

시를 개성이라 말하는 것은 시인만의 독특한 목소리를 담는 도구라는 데서 뿐만 아니라 시인의 전부 ─과거와 현재 그리고 미래를 담는 그릇에서 비롯될 것이다.

시인이 여타 생산자와 다른 것은 미래를 담는 예언의 소리를 말하는 특성이라면 --소설은 과거와 현재를 표현하는 방법에서 사상을 나타내는 방법, 예컨대 톨스토이나 이광수는 사상가 --참된 소설가는 사상가라 칭해야 한다고 말한다.

그러나 시인은 이와는 달리 미래를 위해 오늘을 버리고 또는 오늘을 치열하게 살아야하는 운명적인 존재가 된다. 때문에 일제 36년에 시인이 독립운동을 했지만 소설가는 33인의 명단에 없는 이유로 설명이 되기를 바라는 마음이다.

시인이 바라보는 자연은 항상 살아있고 또 죽어가는 자연을 되살리는 영매자의 임무를 마다할 수밖에 없는 존재이다. 이런 물활론적인 특성 때문에 시詩를 창조자의 임무로 지칭하는 것은 시인의 개성에서 나오는 독특한 창조의 임무가 있기 때문이다.

죽음에 임박했을 때 소크라테스의 피리 부는 연습에서는 죽음의 공포와 그 처절한 상황에서 영감의 깊이가 얼마나 위안을 줄 것인가를 암시하는 다이모니온의 소리에 따르는 모습이었다면. 시는 다이모니온의 깊이 일지도 모른다. 그러나 그 소리의 구체적인 언급은 말로 설명할 필요가 없음이다.

물신物神이 지배하는 시대에도 시는 언제나 영혼을 위무慰撫하는 갈증임에 분명함으로 먹을 것이 넘치는 오늘에도 필연에 있다는 명확한 사실이다.

자연과 시인은 불가분의 상관으로 인식된다. 왜냐하면 시詩조차 자연의 일부라는 발상에서 자연을 재료로 시의 이름을 쓰기 때문이다.

덕천 시인의 옥고를 감별한 첫 인상은 식물성 인자를 지닌 섬세하고 다감한 정서를 지녔음이다. 소방공무원으로 30년 재직한 남성임에도 그의 시세계는 자연을 사랑하고 사람을 사랑하고 여행을 좋아하면서 건진 시의 세계라서 상당한 감수성을 지녔음을 발견한다.

4번째 시집출간을 축하하며 글 길에서 지난한 여정이 행복하길 바라며 작품을 만나보자.

2. 덕천 손옥경 철없는 세월이 던져준 공허함

찬바람 부는

심연 깊은 겨울밤

오고 가는 이 없는 골목길

외로운 그림자 서성거려도

그리운 임 기다리며

막걸리 한 사발에

흐르는 시간들과

술잔위에 키스를 한다.

삶의 족적들이

시들어가는

애잔한 여운의 불빛

영혼의 불꽃을 품은

그대 친구가 있었으면 좋겠네.

밤을 잊은 너와 나

철없는 세월들이

칠학년을 향해

속절없이 달려가고 있으니

- 「공허」 전문

고희古稀를 바라보는 덕천의 심연에서 길어 올린 서정시이다.

서툰 행갈이 없이 산문형식을 띈 그의 시세계는 들뜨지 않고 차분함이 특질이라 하겠다. "찬바람 부는"으로 포문을 연 것은 덕천의 내면이 겨울에 닿아있음이라 독자는 이해한다.

더욱이 "심연 깊은 겨울밤 / 오고 가는 이 없는 골목길"에 서성이는 덕천은

"그리운 임 기다리며 / 막걸리 한 사발에 / 흐르는 시간들과 / 술잔위에 키스를 한다." 여기서 그리운 '임'이 아내이든 친구이든 시의 애매성에 입각해서 밝힐 필요도, 독자가 알 필요도 없는 덕천만의 대상이 되는 셈이다.

"삶의 족적들이 / 시들어가는 / 애잔한 여운의 불빛"에서는 한때는 화마火魔가 이글거리는 소방공무원으로 맹활약하던 청춘이 칠순의 나이에 접어드니 시들어간다는 덕천의 애잔함이 엿보이는 대목이다.

"영혼의 불꽃을 품은 / 그대 친구가 있었으면 좋겠네."라는 표현으로 작품의 클라이맥스를 서서히 결말로 가져가는 연결미를 이룬다.

"밤을 잊은 너와 나 / 철없는 세월들이 / 칠학년을 향해 / 속절없이 달려가고 있으니"영혼의 불꽃을 품은 그대 같은 친구가 있으면 좋겠다는 덕천의

쓸쓸함이 시의 기저基底로 시인과 깊은 겨울밤이 동가同價를 이루어 탄생한 작품이다. 초조함이 드러나는 누를 범 하지 않은 잔잔함이 개성이라 상당한 필력이라 하겠다.

시인은 누구보다 여리고 감수성이 발달되어 심연의 깊은 겨울밤이 시인들에겐 가혹할 정도로 뒤척이게 되기도 하고 우울을 겪기도 하지만 그 자리에서 명시名詩를 캐내기도 하는 쾌거快擧를 이루기도 하는 존재들이다. 시인은 나이를 먹어도 시는 나이를 먹지 않음을 여실히 보여주는 수작秀作이었다. 덕천의 문운이 환하리란 감지가 된다.

3. 덕천 손옥경 시인의 순 우리말 사랑

시에는 감동이 있고 감동은 영원한 기쁨을 준다. 때문에 한 편의 좋은 시는 세상의 어떤 가치보다 우선하는 평가의 개념으로 승화한다.

시인이 심혈을 기울이면서 시를 쓰는 이유가 감동의 창조에서 헌신하는 가치를 지니기에 독자의 마음을 정화 혹은 순수의 상태로 전환하는 몫에 전부를 걸만한 가치를 갖는 것이다.

덕천의 시는 시작詩作의 소재들이 다양한 백화점식이다. 그만큼 시인의 남다른 시적 시선이 방대하다는 긍정이라 생각한다.

시詩는 체험을 축적하는 일에 헌신하는 글임이 분명하다. 물론 시적 장치라는 고도의 기교技巧가 내포될 뿐만 아니라 산문과는 달리 세상의 모든 장르를 포함하는 큰 그림을 응축凝縮이라는 문자에 새겨 넣는 일종의 다이아몬드를 만드는 일과 비견될 것이다.

다시 말해서 크고 많은 것을 단 하나의 알갱이로 수축하는 방법은 기술이 아니라 창조라는 말로 정리된다.

시는 항상 인간존재의 영역에서 벗어나는 것이 아니라, 시는 인간의 모든 영역과 우주를 포함하는 독특한 양식이기 때문이다. 여기서 시의 자리는 여타 산문이 범접하지 못하는 세계의 입구를 찾아야하는 시인의 독특한 임무가 주어질 뿐만 아니라 독자 또한 공감의 세계로 인도하는 빛나는 길을 만드는 점 —상상력의 원천을 갖고 시인만의 성城을 구축한다. 다시 말해 시인은 이 성城의 성주城主일 때, 그가 빚은 시는 훌륭한 전신 구성원의 역할로 이어진다.

성주城主는 성城을 지을 때 거기에 꼭 알맞은 재료를 연결해야만 튼실한 결과를 만들 듯이 적합하지 않는 재료들을 잔뜩 사용하여 겉멋만 장식한다면 성城으로서의 역할에도 문제가 발생하겠지만 성주城主의 체면에도 문제가 발생함이다. 한 편의 시엔 한 가지 주제로만 탄생시키는 것을 기본이라 기억하자. 많은 시인들이 놓치는 부분이라서 기록한다.

다음 작품은 순 우리말을 사랑하는 덕천의 우리말 사랑에 대한 열정을 만나보자.

집 뒤편의 뒤안길
마을의 좁은 골목길을 뜻하는 고샅길
꼬불꼬불한 논두렁 위로 난 논틀길
거칠고 잡풀이 무성한 푸서리길
좁고 호젓한 오솔길
휘어진 후밋길
낮은 산비탈기슭에 난 자드락길
돌이 많이 깔린 돌서더릿 길이나 돌너덜길
사람의 자취가 거의 없는 자욱 길
강가나 바닷가 벼랑의 험한 벼룻길
그대의 첫발자국을 기다리는
소복이 쌓인 눈 위에 아직 아무도 지나가지 않은 숫눈길
길을 간다. 아니 길을 떠난다는 우리네 인생여정
우리네 인생이 곧 길이요. 우리의 발이 삶이라는 것을
나는 나의 지름길보다는
빙 둘러서 가는 멀고 굽은 길인 인생의 맛
에움길을 가야 하겠다.

세상에는 같은 길은 없기에
　　오로지 나는 나만의 길만 있을 뿐

　　　　　－「내가 가는 길」 전문

　살아있는 자는 길을 가야하고 또 길을 만든다. 이 간명한 명제
는 진리이고 영원성을 갖게 된다. 왜냐하면 살아가는 일은 곧 길
을 만드는 일이고 또 미답未踏의 길을 개척해서 가다보면 곧 새
로운 길이 되는 이치에 이르기 때문이다.

　동양사회에서도 길道은 여러 개념으로 사용했다. 실제의 길인
가 하면 철학적인 명제로 승화한 길은 소망을 달성하는 이미지
혹은 고난을 뚫고 나아가는 인간승리의 개념 ―혼자 가는 길
혹은 더불어 가는 길 등 다양한 이름으로 길을 만들고 생각해
왔다.

　위 작품의 길은 각 지형과 형태에 따라 불러지는 인간이 만든
열네 가지의 자연에 놓인 길을 ―순 우리말로 어떻게 불리는가
에 초점을 시적종자로 엮은 작품이다.

　거개, 걸쭉한 시인들이 관념어나 사자성어로 시를 쓰는 예를
볼 수 있는데 이는 개선해야할 상당한 문제로 인식되고 있음
도 밝힌다.

　한자는 풀어서 써야하는 기본을 망각한다면 우리의 시 구축
은 영원한 미궁에 봉착할 것이다. 그러므로 덕천의 우리말 사랑
에 엄지 척으로 화답하고 싶은 기쁨이 인다.

　집 뒤편의 "뒤안길"/ 마을의 좁은 골목길을 뜻하는 "고샅길"/
꼬불꼬불한 논두렁 위로 난 "논틀길"/ 거칠고 잡풀이 무성한 "

푸서리길" / 좁고 호젓한 "오솔길" / 휘어진 "후밋길" / 낮은 산비탈 기슭에 난 "자드락길" / 돌이 많이 깔린 "돌서더릿 길"이나 "돌너덜길" / 사람의 자취가 거의 없는 "자욱 길" / 강가나 바닷가 벼랑의 험한 "벼룻길" / 그대의 첫발자국을 기다리는 소복이 쌓인 눈 위에 아직 아무도 지나가지 않은 "숫눈길" 길을 간다. ―생략―

빙 둘러서 가는 멀고 굽은 길인 인생의 맛 "에움길"을 가야 하겠다." 이렇듯 덕천은 길의 명칭을 세밀히 찾아 작품으로 남기는 열정을 지닌 시인이다. 작품은 그 작품을 쓴 화자의 자화상이라 보면 순우리말을 사랑하는 덕천 시인이야말로 진정한 참 시인이란 생각이 든다.

순 우리말을 공부해 보면 참으로 고운 말들이 많다. 이를 작품에 넓게 포진시키려는 열정만으로도 그 작품은 상당한 호응을 받으리라 생각한다. 4집을 상제하는 시인다운 면모라서 작품에 꽃목걸이를 걸어 두고 싶다.

4. 덕천 손옥경 시인이 좋아하는 계절

시인의 시집에서 번다繁多하게 출몰하는 단어가 있다면 그것은 시인의 정서가 그것을 내면 깊숙이 받아들인 명징이라 생각하면 된다. 특히 덕천의 작품에는 '봄'이 흐벅지게 나타난다. 시인의 성정이 밝고 투명하다는 느낌도 들지만 유독 시인이 봄을 좋아하는 것인지도 모른다는 생각이 든다.

즉, 봄은 생동의 기다림이 들어있고 꽃은 봄날의 뜻을 구체화하는 점에서 시심詩心의 진원이 된다. 이는 화자의 삶이 봄을 지

향하고 또한 봄의 이미지의 부드러움으로 살고 싶어 하는 내면의 충동을 나타내는 비유적인 방법인 것 같다.

덕천의 시에 봄은 칼칼하지 않고 부드러우면서 미소를 번지게 하는 여성적인 섬세함이 시의 특질이다. 「봄이 오는 소리」를 만나 보자.

시냇가에 얼음장
갈라지는 소리
버들개지 기지개 켜는 소리
흐르는 물소리
가슴울림 소리
산울림 소리
조화 이루어낸
산과 강바람소리
이내 생애
세월 익어가는 소리
문설주 가까이 봄이 오는 소리
인천 가정동 아기자기한
정서진 전통시장 어귀에
퍼질러 앉아 오순도순
아낙네들의 수다 소리
나물 다듬는 소리
가녀린 손놀림
냉이와 달래들의
봄소식 어우러진 합창소리
무릎위에 아지랑이 희망으로

봄꽃 피워 오르고 있고

- 「봄이 오는 소리」 전문

시詩에서 첫줄은 신이 준다할 정도로 그만큼 작품을 이끌어가는 구성에서 중요한 위치를 차지한다. 또한 시제詩題도 30% 이상을 차지하는 위치라는 것을 염두에 두고 시를 창작해야한다.

왜냐하면 시의 정치망은 슬픔도 숨기고 기쁨도 숨겨서 눈 밝은 독자가 발견하여 울게 하고 웃게도 해야 하는 시인의 책무가 있기 때문이라 기록한다.

아무리 길어도 시가 되는가 하면 아무리 짧아도 시가 될 수 없는 점을 감안하면 문학의 장르에서 시가 가장 앞에서는 난해함으로 이해하면 되겠다.

위 작품은 독자로 하여금 청각을 자극하는 기교로 봄을 예찬하는 작품이라 하겠다. 어려운 은유가 없으니 해설은 사족蛇足이겠다만 열 한가지의 소리 소리들이 어우러져 하나가 되는 연계성은 상당한 수작秀作이라는 생각이다.

"시냇가에 '얼음장 갈라지는 소리' / 버들개지 '기지개 켜는 소리' / 흐르는 '물소리' / '가슴울림 소리' / '산울림 소리' / 조화 이루어낸 '산과 강바람소리' / 이내 생애 '세월 익어가는 소리'/ 문설주 가까이 '봄이 오는 소리' / 인천 가정동 아기자기한 정서진 전통시장 어귀에 퍼질러 앉아 오순도순 아낙네들의 '수다 소리' / 나물 다듬는 소리 / 가녀린 손놀림 냉이와 달래들의 봄소식 어우러진 '합창소리' 무릎위에 아지랑이 희망으로 봄꽃 피워 오르고 있고" 등으로 독자의 귀가 호강하는 소리가 있는가 하면 "이

217

내 생애 세월 익어가는 소리"나 "가슴 울리는 소리"등은 시인만 들을 수 있는 무음의 소리인 것이다. 이렇듯 시인은 땅 속의 지렁이의 울음소리도 들을 수 있고 소리 없는 소리도 들을 수 있는 심연의 귀를 가진 존재들이라서 언제나 겸손하고 이타적인 삶을 살 수 밖에 없는 운명을 지닌 존재라 하겠다.

그러므로 신을 섬기는 신자의 모습을 닮아있음이 시인의 덕목이라 기록한다.

이렇듯 섬세하게 봄을 터치하는 덕천 시인의 글 여정에 서정시의 깃발이 우뚝하리라 믿는다.

5. 덕천 손옥경 사모곡思母曲 그리고 사부곡思父曲

사랑은 가장 아름다운 풍경화라면 덕천의 시는 자연과 가족을 사랑하는 테마에서 꽃을 피우는 것 같다. 물론 사랑의 대상이 이성이 아니라 생에서 얻어진 모든 대상으로 확장되는 이미지가 시의 태반인 셈이다.

어려운 시절에도 언제나 응원해 준 아내며, 오로지 자식과 가정을 위해 오롯이 헌신하시다 소천하신 어머니며 아버지가 심도深度 있는 이미지로 다가선다.

이별조차도 사랑으로 환원시키는 마음에는 따스하고 정 깊은 강물이 출렁이고 있다.

삶의 헌신에 대한 숙고와 사랑의 깊이는 항상 조용하고 아늑한 상징에서 그리움과 기다림이 교차하면서 사랑의 정을 더욱 높이고 고양高揚하는 정서에는 언어의 탄력과 기교가 담담하고 숙성

된 인상을 강화하는 시인이란 명징이 든다. 덕천의 가슴에 옹이로 박힌 어머니의 그리움과 어둠의 역사 속에서 한 많은 시대를 살다 가신 아버지에 대한 그리움을 만나보자.

> 동구 밖 언덕길에 서서
> 산 구릉이 신작로 사이로
> 그림자 자취가 사라질 때 까지
> 하염없이 서있어
> 돌부처가 된 내 어머니.
> 눈가에 흐른 인고忍苦의 주름살이
> 어느덧 고향향한
> 그리움으로
> 환청이 들려올 때면
> 차라리 고향친구 붙들고서
> 꺼이꺼이 속울음으로
> 목울대 아프도록 사무친
> 고향의 흙냄새
> 당신이 차지한 한두 평 남짓한
> 양지바른 그곳엔
> 또 다른 시간이 평안을 재촉하고 있네요.
>
> ‑ 「어머니」 전문

늘 불러보아도

차오르지 않는 샘물처럼

아련한 시대의 뒤안길

현해탄 파도소리

10척 중 7척이 건너오다가 바다에 수장

험난한 그길 8월15일 해방으로 건너와

둥지 꾸려 세운 가정

뒷그림자 어둠의 역사

악령 되어 따라다닌 일제 강제징용

1941년 군함도의 미쓰비시 공업

혹독한 여정 이였네.

어린 시절 그 트라우마에 노출된

나의 형제자매들

하늘나라로 간 아버지의 고뇌가

뼈아프게 다가온다.

지나고 나면 후회의 나날들

아픔 없는 천국에서 평안히 쉬시라고

두 손 모아 기도해본다

한 세대가 지나서 두세대

이제 곳 칠순이 되는 것을

일제는 사람도 아니었다. 짐승 이였다.

아픔에 그 시절 위안부들의 통한이

강제징용당한 식민지시절

잔혹사로 남는다.

가여운 시대의 희생양 나의 아버지여!!

- 「어버이날」 전문

어머니는 다소 맹목의 사랑을 보낸다면 아버지는 강인하게 절제된 사랑을 내장하는 이름이다.

지독히 가난하던 시절이었지만 어머니의 사랑은 항상 자식을 앞에 놓고 우선으로 생각하는 일이라면, 희생과 헌신이 전부이자 생애의 의미로 아시고 사셨으리라. 우리네 어머님의 눈물은 더러는 우리에게 들키기도 하였지만 우리네 아버지의 눈물은 가슴에만 흘러서 철없을 때는 가늠이 어려웠던 기억도 명징하다.

어머님이 차지한 한 두 평 남짓한 양지바른 그곳이 고향이란 이름으로 아리게 자리한 덕천은 어머님의 목소리가 들리는 듯 환청이 있을 때면 "차라리 고 향 친구 붙들고서 / 꺼이꺼이 속울음으로 / 목울대 아프도록 사무친 /고향의 흙냄새" 라고 절규하는 시적 상당함으로 사모곡思母曲을 절규한다.

또한, 아버지에 대한 그리움은 어떤가?

"현해탄 파도소리 / 10척 중 7척이 건너오다가 바다에 수장 / 험난한 그길 8월15일 해방으로 건너와 / 둥지 꾸려 세운 가정 / 뒷그림자 어둠의 역사 / 악령 되어 따라다닌 일제 강제징용 / 1941년 군함도의 미쓰비시 공업 / 혹독한 여정 이였네. /어린 시절 그 트라우마에 노출된 / 나의 형제자매들 / 하늘나라로 간 아버지의 고뇌가 / 뼈아프게 다가온다."라고 어릴 적 아버지에 삶에 대한 이야기가 트라우마에 노출될 정도로 충격이었던 것이 아버지의 고뇌와 연계된 작품이다. 작품에서 덕천의 예리한 시적 표현에 집중하면 족하다는 생각이다. 군함도軍艦島를 잠시 더듬어 보자.

군함도軍艦島는 1810년경 석탄이 발견된 후로 1890년 미쓰비시 사社가 인수하여 본격적으로 석탄을 채굴하던 탄광 섬이다.

섬 주변을 시멘트로 도배하고 고층건물이 들어선 모습이 일본 군함과 비슷해 군함도軍艦島라 불렸던 섬이다.

영문도 모른 채 끌려온 조선인들이 해저 1000m가 넘는 깊이의 막장과, 온도가 45도를 웃도는 지하로 내려가서 채굴하는데 일제는 우리 조선인을 강제 징용해 착취했던 산업혁명의 그늘에서 희생된 우리의 아버지 어머니들의 한 서린 현장이 시적 종자로 아버지의 한恨과 동가同價를 이룬 작품이다.

기록에 의하면 1943년부터 1945년까지 약 800명의 조선인이 끌려가서 하루에 많게는 16시간씩 노동에 시달렸지만 식사는 콩 찌꺼기로 만든 주먹밥뿐이었으니 많은 인원이 희생된 것은 자명한 일이다.

덕천은 시의 말미에서 이렇게 울분을 토한다. "일제는 사람도 아니었다. 짐승 이였다." 그렇다!, 사람이라면 어찌 그리 잔혹할 수 있었겠냐는 말이다.

삼가,

어머님 아버님! 천국에서 영원한 기쁨으로 행복하시길 두 손 모은다.

6. 덕천 손옥경 그가 그리는 고향 친구

덕천 시인의 시는 입으로 말하기보다는 가슴으로 느끼는 언어, 요란한 손짓보다는 눈짓 같은 그의 시에서 우리가 외면했던 것들에 애착을 가져야 할 때가 된 것을 알려준다.

야생화 같은 ─화려한 조명은 꺼려하지만 그윽한 그 만의 향기를 발하는, 누구하나 보는 사람 없어도 홀로피어 짙은 향을 발하고 오로지 묵묵히 피어 살아 임무를 다하는 그런 범상함을 나타내는 깊이가 시의 특질로 자리한다.

이는 그의 순백한 성정대로 시의 모습이 꾸밈이 없기에 천의무봉天衣無縫한 자연스러움을 전달한다는 의미이다.

요란으로 자기선전을 일삼는 문학 풍토에서 이런 사고를 갖는 일이야말로 진정한 시인의 면모라서 필자에게도 기쁨이 인다.

시인은 시詩 앞에 가장 정직한 말을 골라 독자의 가슴에 닿았을 때를 생각해서 여러 가지 메타포Metaphor를 사용하여 전달하는 임무를 갖는다. 그 내용에는 엄중한 교훈이 될 수도 있고 더러는 아름다움으로 이어져 온화한 미소로 다가오는 느낌도 될 수 있다. 예술은 항상 웃는 모습이 아니라 희로애락을 지닐 때 거기에 휴머니즘의 인간미가 수용되기 때문이다. 시를 쓰는 일은 스스로의 정신을 발굴하는 일이고 시를 통해 감동의 만족을 향수享受하려는 지적탐구의 방편일 때가 많다. 시인의 의미Meaning구축과 독자를 위한 의의Significance 사이에 내재한 차이는 정신의 층위層位에 따라 다른 현상을 목도目睹하게 된다. 그럼으로 시인과 독자의 시 이해의 접점이 완전한 일치를 구현하는 일로 시 앞에서 절절한 고민을 갖는 것이 수용미학受容美學의 문제점이다.

시는 보이는 것 너머에서 느껴지는 것, 그 너머의 세계라는 것을 덕천 또한 간파看破하고 있으리라 믿으며 시詩를 사랑하는 시적여정에 문운이 환하리라, 그러기 위해서는 무엇보다 시인의 영육이 강건하기를 주께 의탁 한다.

 그의 작품 「친구 생각」을 만나보자.

깊어만 가는 갈색 빛 무리

오랜만에 떠오르는

친구의 얼굴들

전선도 없이 타고

들려오는 핸드폰의 육성

은빛 구슬의 음성에서

짙은 상념의 향수가

고향 냄새가

푸성귀 냄새가

풋풋하게 난다.

고향 언덕배기

신작로를 걸어서

책보자기를 메고서

걸어가던 앙증스런 소년 소녀가

추억 속에 떠오른다.

세월 벽을 넘어

서울 도심

중년의 남정네와 여인이 된 그대

그때가 그립다

어머니의 품이

보름달빛이 가득한

고향 언덕이 그립구나.

– 「친구 생각」 전문

작금에 시인의 숫자는 엄청난 양으로 늘었다. 이런 현상은 좋은 면과 부정적인 면이 양날의 논리로 대두된다. 부정적이기보다는 긍정적인 면이 더욱 많을 것으로 보아야하지만 많은 시인의 숫자 속에서 두드러지는 시인으로 설 수 있다는 일은 참으로 어려울 것이다. 덕천의 시를 읽다보니

떠오르는 일로 대답으로 돌아온다.

자기만의 개성 혹은 자기만의 분야에서 독특한 작품을 생산한다면 쉽게 눈에 띄는 혹은 개성의 의상을 걸친 이름을 득하겠지만 이런 현상은 한 가지 분야에 전문적인 지식이 따라야 하고 또 해박한 지식을 가져야 한다는 조건이 합치되어야 할 것이다.

덕천의 4집 「내가 가는 길」 옥고를 전체적으로 분석한 결과는 시적 종자가 백화점식이어서 시인의 고뇌가 엿보이기 때문이다. 거개 시인들이 첫 시집은 시적 종자가 넘쳐서 술술 풀어가다가 점점 필력이 나아지면 질수록 시적 고갈 상태를 만나게 되는 일이 다반사이기 때문이다. 그래서일까 테마시를 쓰는 시인이 성공에 가깝다는 이야기도 들려온다.

위 작품은 고향 친구의 은빛 육성에서 고향의 향기가 소환되고, 고향 언덕배기 책보자기를 어깨에 메고 함께하던 소년과 소녀가 소환되더니 궁극엔 어머니의 품이, 보름달빛이 가득한 고향 언덕이 그리움으로 탈고된 작품이다.

시詩를 꼭 어렵게 쓸 이유가 있냐고 필자에게 묻는다면, 시詩는 한 번에 다 보이고 다 드러나는 맛 보다 두세 번을 음미하면 할수록 깊어지는 맛을 내기위한 은유를 가동해야 한다고 권하고 싶다.

덕천의 4집에는 유독 '계절'에 관한 시가 번다繁多했고, 곳곳을

답사한 '여행'에 관한 시도 상당히 많았다. 그러하기에 한눈에 다 보여 지는, 다시 말하면 독자로 하여금 깊은 사유의 세계로의 안내에 조금 더 할애하시라고 기록한다.

7. 에필로그 ─은은한 들꽃향이 진한 시세계詩世界

시인은 상상의 길을 만드는 사람이다. 상상은 허황된 공상과는 다르기 때문에 감동을 잉태하고 이를 생명의 가락으로 포착하는 길을 여는 사람이다.

때문에 시인은 현실의 보이는 모든 사물에 생명을 부과하는 언어적 연금술사의 면모를 취득해야하는 책무를 지닌 존재라는 것도 전하면서 담백하고 투명한 시에 진일보進一步 하시어 사유思惟의 세계를 접목한 5집을 기대한다.

한 마디로 덕천의 시 세계는 남성임에도 식물성인자를 지녔기에 들꽃처럼 잔잔한 감동으로 진한 향기의 여운을 남겼다 기록하며 논지를 닫는다.